SHANGHAI LITERATURE & ART PUBLISHING GROUP

故事会
精品系列

故事会

笑话故

上海锦绣文章出版社
上海故事会文化传媒有限公司

上海文艺出版（集团）有限公司

图书在版编目(CIP)数据

笑话故事 《故事会》编辑部编 － 上海：上海锦绣文章出版社
（故事会精品系列） ISBN 978-7-5321-1423-8

Ⅰ.①笑…Ⅱ.①故…Ⅲ.①故事 作品集 中国 当代 Ⅳ.I247.8

中国版本图书馆 CIP 数据核字 (1999) 第 39846 号

丛 书 名：故事会精品系列

书 名：笑话故事

主 编：何承伟

编 委：何承伟 吴 伦 姚自豪 夏一鸣

责任编辑：刘迎曦 鲍 放

装帧设计：王 伟

责任督印：张 凯

出 版： 上海锦绣文章出版社

上海故事会文化传媒有限公司

POD 海外发行： 中国图书进出口上海公司

电话：021－36357888

传真：021－36357896

地址：上海市虹口区广中路 88 号

邮编：200083

海外 POD 发行版本

 上海故事会文化传媒有限公司 出品 (00246) www.storychina.cn
STORIES

目　录

世 态 万 象

　　笑话的种子无处不在，无时不有。一旦有了适宜的条件，它便会绽发出喜剧的花朵来。

身世不同

大富翁理发后照付 30 元,不给小费。理发师说:"大公子来理发,每次都给 100 元哩!"

大富翁说:"他有个大富翁的爹,我可没有。"

(梁炽基　编译)

披头散发

有个人,他头上秃得只有三根头发,还要让理发师为他编条辫子。理发师不小心弄掉了一根,没办法,只能拧麻花了,谁知一不小心又弄掉了一根。此人大为光火:"这下可好,我得披头散发了。"

(曹卫胜　辑)

这个发难理

布朗宁是个脾气古怪的老头,他每次去理发,总是百般挑剔,差不多所有理发师都受过他的埋怨。一次理发时,他坚持要求理发师将他的头发在中间分开,且要绝对平均。

理发师说:"先生,这办不到,你的头发是单数!"

(陈正康　编译)

比尔理发

比尔是一家大公司的职员。他总是在办公时间出去理发,尽管他也知道这样做是违反公司规定的。

一天,当比尔又在理发时,公司的经理正巧也来理发。比尔想躲已来不及了。

经理说:"你好,比尔,我看见你在办公时间理发。"

比尔镇静地回答:"是的,先生。你看,我的头发都是在工作时间内长出来的。"

"不是全部吧,其中一部分是在下班时间内长的。"

比尔很有礼貌地回答:"是的,先生,你说得对极了,所以我

只剃去一部分而不全部剃掉。" （施建初　编译）

合理收费

某闹市地段新开了一家理发店，这天，有个顾客到理发店理发。

顾客：请问理一次发收多少钱？

理发师：10元。

顾客：怎么这样贵！要知道，我是一个近乎秃顶的人。

理发师：我当然知道。10元中只有3元是理发的，另外7元是找头发的。

（刘大伟）

理发店的笑话

小维克自以为是成年人了。一天，他到理发店去刮胡子修面。

理发师请他坐下，给他脸上涂满了肥皂，然后就站在店门口和另外一个理发师聊天。

小维克等了好久，忍不住叫了起来："喂，你干吗让我一直闲呆在这儿？"

理发师慢悠悠地回答："我正在等你的胡子长出来呀！"

（姚　青　编译）

理　发

有个人到理发店理发，理发师发现他头上只有三根头发，问道："同志，你要理个什么发式。"

顾客答："大背头。"

理发师用剪子挑起头发看看，真有点为难，一不小心，剪掉了一根，只剩下两根。

理发师说："只有两根了，理个什么发？"

顾客答："分头。"

理发师正想把两根头发分开，不料用剪子挑时，又弄掉了一根，理发师问："只有一根了，理个什么发？"

顾客答："一边倒。"

（羊　超）

很多年以前,非洲一位富翁精心修建了一间新型私人浴室——当时非洲唯一有冷、热水管的浴室。

第一个受邀享用这间新浴室的,是一位来非洲观光的英国太太。

这位太太进了浴室,先扭开热水管,然后扭开冷水管,调好水温,跳入浴池。突然她发现后墙上有一个小洞,洞里有一只眼睛在看着自己。她立即穿好衣服,来到那堵墙后。原来那里站着一个老头,身边放着两个水桶——热水桶和冷水桶,正用眼睛对着小洞看。

这位太太走到老头面前呵斥道:"喂,你为何偷看我洗澡?"

老头回过头来,很有礼貌地解释道:"对不起,太太,主人要我负责向这两根管子里倒冷水、热水,如果我不用眼睛看着您,我怎么知道您要扭哪只水管龙头呢?"

（马德波　编译）

现代浴室

"烫吧……"

阿凡提在澡堂里值班,一个外号叫"不敢惹"的浪荡鬼进来洗澡。

他眼睛一瞪,问阿凡提:"水烫不烫?"

阿凡提指着淋浴水龙头,说:"左边是凉水,右边是热水,我给你把水调好。"

不敢惹说:"你记住,水要烫我一下,你就输我五毛钱。"

一会儿,不敢惹歇斯底里地发作起来:"该死的阿凡提!水烫了我三次了,你输我一块五。"

阿凡提不声不响走上前,把凉水龙头关了,把热水龙头拧大。不敢惹顿时被烫得"哇哇"乱叫。

阿凡提慢条斯理地说:"没关系,你真走运,今天碰上财神爷了,烫的次数多,你赢的钱就越多。烫吧,烫完了咱一块算总账。"

不敢惹急忙说:"不、不,再烫,我就变成清炖羊肉了!"

（沙漠舟）

胶姆糖

空中小姐对乘客说:"这里有口香糖,诸位请便。在飞行时,它对耳朵有好处。"

一小时后飞机降落了,一位乘客来问空中小姐:"请你告诉我,我怎样才能将胶姆糖从耳朵里取出来?"　　(吕诚德　编译)

保险系数

乘务员:"女士们,先生们,飞机马上就要起飞了,请你们系好安全带。另外,请你们不要谈论飞机票的贵贱,因为安全带的保险系数有大小。"(朱良保　编译)

飞行员的妻子

在苏格兰的一个飞机场上空,一位飞行员正在进行高级特技飞行,他妻子在地面观看表演。

"当你丈夫头朝下飞行时,你不害怕吗?"一个观众问她。

"没有什么可担心的! 每次飞行之前,我总是从他衣兜里把零钱掏走。"

(徐萌　编译)

空中求援

一个跳伞员跳出机舱后，却怎么也打不开降落伞，毫无希望地飞速下坠，在离地面六百米的空中，他遇上了一个被一阵爆炸气浪掀上天的妇人。跳伞员拼命向那妇人吼道："你能打开降落伞吗？""不！"妇人回叫道，"你会修液化气炉吗？"

（尚 青 编译）

（插图：毛用坤）

为了保险起见

电影院里，在电影放映当中，有个观众离开座位，走到剧场的休息处休息。过了几分钟，他回到座位边，对旁边一位观众说："对不起，几分钟以前我走出去时，踩的是您的脚吗？"

"噢，是的，不过这没关系，我没觉着痛。"

"噢，您误会了，我只是想证实一下，这是否就是我坐的那一排。"

（雅 静）

哭声的妙用

一对夫妇带着三岁的儿子一起去看电影。当他们走进电影院的时候，服务员对他们说："如果孩子哭闹的话，我就要请你们出去，但我们可以把钱退给你们。"

电影放映半小时后，丈夫对妻子说："你觉得这个电影怎么样？"

"我从来没有看过这么差的电影！"

"和我想的一样，"丈夫说，"我们把孩子摇醒，让他哭吧！"

（姚伟姿 编译）

经过翻译的

电影院里。

女：哎！你说，这部外国影片中，那婴儿的哭声怎么也和中国婴儿一样？

男：这都不懂？那婴儿的哭声是经过翻译的。（赵尚发）

不　连　贯

有个人看电影，看了一会儿，睡了一会儿。

别人问他："这部电影怎样？"

他说："电影倒是不错，就是情节不连贯。"　（华　伟）

电影就要开演了，售票小姐发现有个人买了一张票，匆匆走到影院门口，检票之后又匆匆跑回票房，重新买票，如此往返了好几次。她奇怪地问道："先生，您为什么总是回来重新买票呀？"

那人气呼呼地说："真是活见鬼！我一去检票，总有个家伙把我的票抢过去撕成两半！"

（余善华　编译）

看电影

在储蓄所里

有个妇女抱着一个小女孩，到银行储蓄所里办理储存手续。小女孩手拿一根吃剩的甘蔗，拼命往柜台栅栏里塞，弄得那胖营业员莫名其妙。

妇女急忙喝住了自己的孩子，不好意思地对胖营业员笑笑，说："对不起，我刚带了孩子从动物园里出来。"

（冬　苗）

生　日

乔治到银行去找工作。

工作人员问道:"你什么时候生日?"

乔治回答说:"六月十二日。"

工作人员又问道:"哪一年?"

"哦!先生,每一年都是!"

（冯　军　编译）

存　款

信用社的门刚打开,一群乞丐便挤了进来。会计小姐大怒:"这又不是慈善机构,快滚!"

"不!我们都是来存钱的。"

（蒋　涛）

一位先生刚从银行里取出钱,突然着急地问工作人员:"这儿有后门吗?""问后门干吗?"工作人员奇怪地反问。那位先生说:"来不及啦,我太太从正门来了。"

找后门

（云　涌）

替您保密

一位阔太太在一家大酒吧用完餐,便朝外走去。服务员忙拿着账单来到太太面前,太太不高兴地说:"我上酒吧从来不带现金!""噢,那么就赊账吧。"说完,服务员转身把太太的名字和欠的账记在黑板上。太太一见,顿时脸涨得通红:"你、你要出我洋相?"服务员一本正经地说:"如果您觉得不合适,就把您的裘皮大衣挂在黑板上,替您保密。"

（张　昕　编译）

决　斗

在美国西部一间酒吧间里,有两个人正准备用枪决斗,场地已经准备好了。这两个人中,一位长得瘦小不显眼,但枪法准,另一位是个大个子,体重200磅。

"等一下,"大个子突然对小个子说,"你的射击目标比我的大,这不公平。"

小个子很快想出了解决办法,他转身对酒吧间老板说:"在那个家伙身上用粉笔勾出我身体的大小,我若是打在线的外边,就不算数。"

（王杰民）

流行痢疾

某地区流行痢疾。

这天夜里,两个担架员敲开了一位旅馆顾客的门,说:"是旅馆老板叫我们来的。他看见你今天晚上已经连续上了12次厕所,想来你一定是得了痢疾!"顾客一听,惊叫起来:"我的天! 你知道吗? 我虽然去了12次厕所,但11次是被人占着。"

（戴建国）

功　劳

一天,杰克正在酒吧喝酒,他的好朋友雷德突然气喘吁吁地闯进来说:"喂,杰克,刚才有人偷你的汽车。"

"怎么? 难道你没有去抓住他?"杰克焦急地问。雷德忙安慰杰克说:"他开着你的车一溜烟跑了。不过你放心,我记下了车牌号码。"

（米永亮）

原来如此

莱斯来到匹兹堡,他找到一家私人旅馆,一进门便碰见一位绅士。于是他问:"住在这儿怎么样?""这地方很好,我刚来时,连一句话也不会说,甚至没有力气走出房间,起床吃东西都有人服侍。""太好了! 你一定在这儿住得很久?"莱斯高兴地问。绅士点点头:"我生在这儿。"

（米永亮　编译）

在 旅 店

顾客:什么! 一晚上要收40个法郎? 瞧你这破床,昨晚,我睡在上面一夜没合眼。后来,只好坐在沙发上看了几小时的书。

旅店老板:那好,请再加1法郎的电费。　　（杜青刚　编译）

扣 奖 金

“汉斯,你为什么辞去了军火厂的工作?”

“他们算得太精确了。上次在装火药的时候,火药爆炸了,我被气浪冲上半空后才掉下来,厂方却扣了我的奖金,说我有6秒钟在空中没干活。”

（吕诚德　编译）

（插图:李　加）

活动厂长

某厂,有个工人问厂长室秘书:"厂长看戏怎么总是坐前排?"秘书回答:

"那叫带领群众。"

"可看电影他怎么又坐在中间了?"

"那是深入群众。"

"来了客人,餐桌上为啥总有我们厂长?"

"那可是代表群众。"

"可他天天坐在办公室里,车间里从不见他的身影,又怎么讲?"

"傻瓜,这都不懂,那是相信群众嘛!"

（于洪泉）

（插图:李　加）

就要追求你

一家街道电器装配企业,厂长是已婚的中年男子,其余都是女工。一天,厂里开职工会,厂长宣读完新拟定的劳动纪律后,马上又强调:"每个职工都要严格遵守这次定的纪律,谁犯了,不管是老的和少的,我都要追求你。"

厂长的话刚一落音,一个年轻姑娘就"扑"的一下笑出声来。

厂长很是恼火,立即站起来厉声吼道:"艾玲,你笑什么? 今天我就要追求你。"

（谢初浪）

一不做二不休

某青年肚子疼,医务室给他开了病假。他把病假单交给班长后,就在车间里的板凳上躺了下来。

班长见了,问:"你有病怎么不回家休息?"

"回去要扣奖金的。"

"那你躺在板凳上干什么?"

"我这叫'一不做,二不休'。"

（洪志刚）

脖子与头

一天,某厂长对他的朋友说:"在厂里我是头儿。"朋友问:"在家里呢?"厂长说:"那还用说,在家里我当然也是头!"

朋友又问:"那么你爱人呢?""她是脖子。""这是什么意思?"厂长回答说:"这你都不懂? 头转动得听脖子的摆布嘛。"

（吴文宁）

大家别吵了

某主任作报告,台下一片"嗡嗡"声,压过主任的嗓门。主任不悦,正欲发火,忽听听众中有个青年吼道:"大家别吵了!"会场顿时静了下来。主任心中颇为感动:毕竟有知音啊。这时,只听那青年接着道:"你们这么吵,把我都给吵醒了!"

（石冯娟）

人正不怕影子斜

——厂长啊! 我作为一个人事科长,往丁寡妇家多走了几趟,风言风语就来了。您说,我这工作怎能展开呀?

——老刘啊,不要去理会那些流言,"人正不怕影子斜"!

——嗨,问题就在于我背有点驼啰。 （吴　民）

师傅的称谓

小王的师傅姓杜。

小王进厂学徒的第一年,称呼师傅为"师傅"。

学徒的第二年,称呼师傅为"杜师傅"。

第三年,小王称呼师傅为"老杜"。

三年后,小王满师了。他就直呼师傅的绰号"肚皮"。

（马文毓）

垃圾

阿尔伯特为堆积得越来越多的垃圾而愁眉苦脸,因为纽约的清洁工人已罢工好多天了。他知道,如果把这些垃圾扔在街上,将会被处以至少 20 美元的罚款。一天,他终于想出一个摆脱困境的办法,他非常仔细地将垃圾包扎成几个精致的包裹,然后把它们放进汽车的行李箱内,第二天,这些包裹都不翼而飞了。 （肖　文）

镶　牙

一个时髦女郎来到牙科门诊所，要求镶牙。

医生问："镶中切牙还是大门牙？"女郎高傲地说："我听人家说西班牙不错，就给我镶一颗西班牙吧。"　（白明吉）

痛在下面

一个妇女在牙科诊所就诊，她神经紧张地坐在椅子上，怎么也不肯张嘴。牙科医生做了个眼色，他的助手就偷偷走到妇女身后。当牙科医生做好准备时，助手就用一根领针从座位下面向上戳，妇女张嘴叫了起来，牙科医生乘机把工具塞进了她的嘴里。手术完成后，医生说："事情并不像你所想象的那样可怕。是吗？""嗯，"那妇女回答，"不过我原先没有料到，这痛的感觉会到那么下面的部位去。"

（董校庭　编译）

大针头与小勺子

某医院注射室，一护士正准备给一炊事员打针，炊事员回头一望，大惊失色——

炊事员：你怎么给我用那么大的针头？

护士：不要大惊小怪。上次你给我打菜用小勺子，这次我给你打针用大针头，不然，别人会说我报复你。

（马骏祥）

（插图：佐　夫）

争先恐后

一位妇女挤上公共汽车后说:"哪位英俊的先生让个座位给我?"

五个青年同时站起来。

(梁炽基　编译)

出外靠朋友

有两朋友坐汽车,其中一位紧紧地靠在另一位的身上,那位朋友不解地问:"你干吗靠在我身上?"这位干脆地回答:"在家靠父母,出外靠朋友嘛!"

(雾　飞)

优　　点

全家人驾着新买来的车外出兜风。突然,汽车不动了。一家人顶着毒日头使劲推车。

推了两个小时,车主人站住了,说:"他妈的,现在我总算明白那汽车商的话是什么意思了。"

"他说什么来着?"妻子一边擦汗一边问道。

"他说这车非常省油!"

(魏育青)

原来如此

公共汽车里人很多,一个男青年坐在椅子上,紧闭双眼,面色很难看。有人关心地问他:

"哎,你怎么啦? 病了吗?"

"不,我很好。我是不愿意看见妇女们抱着孩子站着,一见到她们这样子,我就抽搐。"

"噢,原来如此!"

(黄国建)

她会催眠术

一个抱着小孩的妇女上了公共汽车。

站在过道里的乘客甲悄声对身旁的乘客乙说:"这个女人肯定会催眠术。"

乘客乙:"你怎么知道?"

乘客甲:"你看,她刚一上车,所有坐在座位上的人都昏昏入睡了。"

（长　今）

新　兵

新兵列巴坐在一辆有轨电车里,在一个车站停靠时,上来一位大尉军官,只见列巴"刷"地一下立正姿势站着。"坐下。"大尉边说边坐到列巴对面的座位上。

电车驶到下一车站时,列巴又站起来,向大尉行举手礼。大尉挥手示意:"坐下,坐下。"

电车继续向前行驶,来到下一站时,列巴又站起来。大尉有点不耐烦了:"你坐下吧!"列巴涨红着脸,小心翼翼地轻声说:"对不起,大尉同志,我已经坐过三站了。"

（孙尔业　编译）

臭耳朵的"病因"

一位老人因患中耳炎,乘公共汽车去医院治疗。车刚开动,站在他身边的一个男青年忽然朝他大骂起来:

"他妈的! 你这死老头子的耳朵怎么这么臭哇?"

老人望了男青年一眼,冷冷地答道:

"因为它听多了脏话。"

（童小平）

不许说话

在一辆正在行驶的公共汽车上,有位年轻人站在司机身后看司机开车。突然,司机回过头来吐了一口痰,"扑"一声正巧吐在年轻人的脚上,司机连道歉的话也不说一句,仍旧若无其事地开车。这一下年轻人恼火了,嚷着同司机评理。司机用手指了指车前挂着的一张牌子,年轻人一看,只见上面写着:不得与司机谈话。

（王小恩）

顺　便

在拥挤的公共汽车上,一个男子发觉有人在偷他的钱包。他干脆指着口袋里的工作证对小偷说:"麻烦你,顺便把这个也拿出来吧。""为什么?""因为我是警察。"　（周后军）

电 车 上

电车上,老太太问身旁的乘客:"是不是到终点站了,怎么大伙都往下车门那挤?""终点站倒是没到,可车里出现了验票员!"

(魏 伟 编译)

电 车 上

一位青年妇女抱着孩子上了电车,这车上的售票员忙热情招呼,叫人让座。乘客们一看,都议论起来:"这售票员过去服务态度很差,现在变了样,待人多么热情周到啊!"

另一个乘客说:"应该写封信表扬表扬他。"又转身问售票员:"同志,我们该怎样称呼你呢?"

售票员还没开口,坐在妇女膝盖上的孩子插嘴说:"我喊他爸爸呀!"

乘客们一听,不由都愣住了。

(洪宇东)

手 绢

在一辆非常拥挤的车上,一个小男孩不停地吸着鼻涕,吸得站在他对面的一个女人实在受不了啦。她好心地问道:"你有手绢吗,孩子?"

"有又怎么样?"小男孩生气地冲她喊道,"我不借给你!"

(张立新 译)

说客气话

甲踩了乙的脚。

乙:对不起,耽误您的脚落地了!

甲:没什么,请原谅,耽误您抬脚了!

(宏 伟)

价 格

一位美国农民乘上一辆公共汽车去城里。上车后,驾驶员拿出一张黄色的票递给他,说:"你最好买一张黄色的票,3美元。"接着他又说:"我还有两种票,红色的2美元,绿色的1美元。"

这位农民想了想,说:"请你给我一张绿色的票。"

汽车开动了,天越来越黑。这时,公共汽车突然在一座小山坡上停了下来,驾驶员大声嚷道:"买黄色票的旅客呆在车上,买红色票的下车步行,买绿色票的下去推车!"

（张先洲　编译）
（乔长森　译）

你先回家

在拥挤的公共汽车上，一位男乘客对售票员说："你先别关门，我爱人和孩子还没上来呢！"

"没关系，你先回家做饭。"售票员说。

（颜利江）

转　　会

"夫人，"公共汽车上一位坐着的绅士，颇有礼貌地向站在他身旁的妇女说道，"请您原谅，本来我应该站起来让您坐，但我前几天刚加入了'静坐俱乐部'。"

"噢，没关系。"那位夫人答道，"不过请您也原谅我一直盯着您看，因为我是'凝视俱乐部'的会员呵！"

在那位"凝视俱乐部"会员锐利的目光注视下，那位"静坐俱乐部"的新手感到很不自在，终于站了起来，说："夫人，您请坐。我已决心脱离'静坐俱乐部'，参加你们的'凝视俱乐部'。"

我在打嗝

有一辆小轿车在马路上行驶着,可这小轿车很奇怪,它每隔 30 秒钟就跳动一下。

警察过来问道:"喂,你的车怎么回事?"

司机回答说:"车子没事,它的跳动是因为我 30 秒钟打一次嗝。"

（孔宪才）

（插图:金胃昌）

下火车六岁

上火车前,妈妈叮嘱儿子:"检票员如果问你的年龄,你就说5岁。"

检票员果真问他多大了,小家伙回答是5岁。

"5岁就这么大啦,"检票员问,"还有多久你满6岁呢?"

"只要一下火车。"小家伙回答。

（涂明福　编译）

误　会

一天,汤姆正坐在去华盛顿的一列火车上,车厢内只有他一人。当列车在一车站靠站时,车门打开,上来一个大汉,用刀子抵住汤姆的颈部威吓道:"要钱还是要命?"汤姆吓得抖抖索索地回答:"我身上一文钱也没有。"大汉恶狠狠地问:"那你为什么发抖?"汤姆哭丧着脸说:"我以为你是检票员。"　（垄　背　编译）

真　不　巧

火车在一个小站上停下来。一位旅客望见不远处有个妇女在出售小圆面包。他怕误了车,便把一个在站台边玩耍的小孩叫到窗前,问他一只面包卖多少钱。

小孩说:"10戈比。"

旅客掏出20戈比,对小孩说:"这是20戈比,拿去买两只面包,一只给我,另一只给你。"

一眨眼的工夫,小孩子回来了。他一边大口地啃着面包,一边把10戈比交还给旅客,说:"真不巧,那儿只剩下一只面包了。"　（洋　言　编译）

（左 民 编译）

各个击破

车厢里，一位太太要关窗，另一位太太要开窗，两人互不相让，最后只好把列车长请来。

"列车长先生，"要关窗的太太说，"车窗开着，我会冻死的。"

要开窗的太太马上说："不行，车窗关着，我会闷死的。"

列车长感到十分棘手，只好求助于邻座的一位将军："您看怎么办？将军，如果这是一个军事问题的话，您怎么处理？"

"在作战时，我们处理这类问题通常采取各个击破的办法。"将军果断地说，"所以您最好先把车窗打开，冻死一个；然后再把车窗关上，闷死一个。事情就这么简单。" （小 邢）

服从命令

列车员问题一个靠着窗口睡着了的旅客："先生，你的票子？"

"票！什么票，我没有票子。"

"没票？那你准备去哪里？"

"我什么地方也不想去"

"那你为什么上这列火车？"

"当我路过这列火车时，你们有人对我大叫：'请上车！请上车坐好！'我只好上来了。"

窝囊货

列车非常拥挤,走廊、过道都被挤得满满的。

某站上来一位青年,看这阵势,立即像猴子一样攀上行李架,倒头便睡。

乘警满头大汗挤进来,一看行李架上挤了个人,冲着他大声问:"那上面是放货的,你算什么货?"

那青年懒洋洋地伸出头:"我是窝囊货。"

（沈友根）

课堂上。

一位老师正在给学生介绍日本人的姓氏习惯。她说:"如果有个日本人名字里有'太郎'二字,那他一定是长子;如果他名字里有'次郎'二字,那他一定是次子……下面,谁能说出一个有这种特征名字的日本人?"

一个学生站起来大声回答:"山本五十六!"

（代 波）

不可思议

（插图:佐 夫）

在学完《卖火柴的小女孩》一文后,老师给同学们布置了一篇作文:"请你代卖火柴的小女孩给她妈妈写一封信"。

几天以后,大部分同学都交上了自己写的作文,只有李龙没交。

老师问他为什么,他说:"卖火柴的小女孩没钱寄信。"

（胡益新）

在联邦德国,学校变得越来越大,学生也越来越多了。尽管如此,许多学校的校长还是坚持认为,记住那些曾在他们学校读过书的孩子们的名字是很有必要的。

在一次集会上,一个校长认出了一个从前的学生:"哦,您是维尔乐·米勒,对吗? 1964 年您读六年级。"

"正是这样,校长先生。"这个年轻人回答说。

"您看,我从不会把我从前的学生忘掉。"校长很自豪地说,"那么,您现在在干什么工作呢?"

维尔乐·米勒的脸红了:"我现在是您学校的一名数学教师,校长先生。"

（唐卫红　编译）

校

长

记 忆 力

一个报名上改善记忆力课程的女士，去学校领了一张申请表。表格上例行公事，要求报名者填写各种栏目，比如：家庭地址、单位、电话号码等。那位女士想了好一会儿，然后气愤地在表格上写道："我要是还记得住这些，那我干吗还来上学呢！"

（晓　分）

翻到第一课

上课铃响了，胡老师走进一年级一班教室，他用手蘸了一口唾液，"哗"地一声翻开课本，清了清喉咙："同学们，今天我们教第一课《从小讲卫生》，请大家把书翻开。"

孩子们一个个瞪大眼睛望着老师，有的茫然地学着老师的样，也把手指伸到嘴里，在舌头上蘸一蘸……

（蔡鹰扬）

和这只手一样脏

丹尼尔·韦伯斯特小时候经常不遵守学校纪律，有一天，老师又发现他违反了纪律，便叫他到讲台前受打手心的惩罚。这时，丹尼尔的两只手都弄得很脏，他在往讲台走时就把右手掌在裤子上使劲擦了擦。

老师手持戒尺，命令："把你的手伸出来！"

丹尼尔把右手伸了出去。

老师看了一下他的手，说："丹尼尔，如果你能在这个学校里找出另一只像这样脏的手，我就不打你。"

丹尼尔迅速地把身后的左手伸了出去，说："先生，在这儿呢！"

老师一看，笑着说："果然如此，那么你可以走了。"

（刘艳皎　编译）

不 肯 借

课堂上,数学老师正在讲解多位数减法。

老师说:"多位数减法,先把上下位数对齐,然后个位数减个位数,十位数减十位数……遇到低位数不够减时,就向高位数去借……"

学生举手询问:"老师,要是高位数不肯借给低位数,那怎么办呢?"

(杨立艺)

(插图:阿　宝)

分　数

某考生在考数学时,最后一道题不会做,他偷看到了别人的答案,但过程还是不会。快交卷时,他灵机一动,在卷子上写道:运算过程略。接着把答案抄在后面。评卷老师看后,在答案后打个"√",接着又写道:分数略。　(刘新华)

名　言

女教师在课堂上提问:

"'要么给我自由,要么让我死',这句话是谁说的?知道的人请举手。"

教室里鸦雀无声,没有一个人举手,女教师的脸上出现了失望的样子。这时,有人用不熟练的英语答道:

"1775年,巴特利克·亨利说的。"

"对,同学们,刚才回答的是日本学生,你们生长在美国却回答不出,而来自遥远的日本的学生能回答,多么可怜哟!"

这时,学生中传来一声怪叫:

"把日本人干掉!"

女教师听到这叫声,不由得气得脸通红,大声说:

"谁?这话是谁说的?"

沉默了一会,教室的一角有人答道:

"1945年,杜鲁门总统说的。"

(中　琦　编译)

问　题

在一堂数学课上，老师问同学们："谁能出一道关于时间的问题？"话音刚落，有一个学生举手站起来问："老师，什么时候放学？"

（姜化贵）

总　统

一学生在一篇作文中写道：假如我是总统，我就首先开除教育部长，因为学生的作业太多了。

学生父亲见到这篇作文，生气地补写了一句话：如果不做作业，那永远当不上总统。

老师批改这篇作文时写道：他已是总统了，班上的差生听他的指挥，集体逃学。

班上的差生们闻知此事，抗议地写道：老师，请别叫我们"差生"，应该称总统随从。

（方文辑）

非洲野猪

生物老师正兴致勃勃在讲台上描述非洲野猪的长相，无意间目光往台下一扫，发现多数学生竟在打瞌睡。他很恼火，喝道："你们要看着我呀！不看我，你们怎么知道非洲野猪长得是什么样子？"

（蔡　柱）

考　试

医学系的学生进行儿科考试。

老师问：简述母乳喂养的优点。

学生答：便于携带。

（耿甲猛）

什么物体最重

上物理课时，教师问："什么物体最重？"

小刚站起来答："我家外公最重！"

老师奇怪地问："为什么？"

小刚："我爸爸写信时总称他'泰山'。"

（赵胜仁）

没有"开口笑"

甲:这家商店真是琳琅满目呀!

乙:可惜,就差一样没有。

甲:什么没有?

乙:服务员的"开口笑"!

(董兆春)

防风蜡烛

顾客:售货员同志,请给我买支蜡烛。

售货员:多买几支吧,这是进口的高级防风蜡烛。

顾客:什么? 防风的? 那一支也不要!

售货员:怎么?

顾客:我怕吹不灭它呀!

(舒伟然)

卖书不卖笑

书店营业员板着脸:你别看了,这儿是卖书的,又不是图书馆!

顾客:看你是什么态度,没一点笑脸。

营业员:你是来买书的,还是来买笑的?

(俞甫定)

减肥霜

大街上,有个个体户在卖减肥霜。大胖走了过去,只见那位个体户冲着大胖介绍道:"这减肥霜似灵丹妙药,只要每天把它涂在手上,抹到哪儿,不出两个星期哪儿的肉就会大大地减少。"大胖听了吓得大叫起来:"天啊! 照你这样说,不出一个星期我的手上就只剩下5根骨头了呀!"

(吴悦倩)

如此次品

一位中年妇女新买了电视机。第一天她看的是足球,第二天看的是橄榄球。中年妇女来到商店说:"你们卖给我的是台次品。第一天我看到的球是圆的,第二天看到的却变成了扁的了。"

(甘亚平)

抗皱霜

明明放学后，来到一家商店，对售货员阿姨说："阿姨，我买一瓶抗皱（皱）霜。"阿姨好奇地问："小朋友，你小小年纪买抗皱霜干么？"明明说："今天考试，我没考及格，回家怕爸爸揍我。"

（金文洋）

（插图：敏 毅）

聪明的顾客

一家商店里卖电火锅，货架上只摆着一只。

顾客：营业员同志，再拿几只让我挑一挑。

营业员（板着脸）：就这一只。

顾客：我要买十几只呢。

营业员一听要买十几只，赶忙从柜台底下拿出一箱来，顾客从中挑选了一会。

顾客：我就要这只。

营业员：你不是说要十几只吗？

顾客：你不是说就只有一只吗？

营业员：……

（孙丽荣）

解放鞋

张大伯在百货商场买了一双解放鞋，穿不了两天就露出了脚趾。他拿着破鞋气冲冲地找到售货员，问："解放鞋的质量怎么这样差？"售货员翻着白眼说："它把你的脚趾从黑暗里解放出来，还不好吗？"

（夏俊英）

在眼镜店里

顾客：喂，服务员同志，那近视眼镜多少钱一副？

服务员：那上面不是写着价钱吗？

顾客：我眼睛近视，看不清楚。

服务员：看不清楚？买一副不就看得清楚啦！ （章保能）

献计

一对夫妇正在瓷器店挑选瓷器,忽然店主悄悄把丈夫拉到一边,低语道:"小伙子,买那套最名贵的吧,那么华美的瓷器,以后你们家客人走了,你妻子肯定不会放心叫你洗碗的。"

（缪稷辉　编译）

超短裙

一位商场保安人员问一个刚和母亲失散的小女孩:"你为什么不拉住你妈妈的裙子?"小女孩说:"我妈妈穿的是超短裙,我够不着。"

（张　俊）

哪种糖最好

一个衣着时髦的男青年来到卖糖果的柜台前,看到五颜六色的糖果,高兴地说:

"嗬,这里的糖果还真他妈的多!喂,哪种糖最好?"

营业员走过来答道:"要是你自己吃的话,口香糖最好了!"

（晓　芜）

成绩

在某集市上,一位妇女问肉店老板有没有 15 磅重的火鸡。

"这么大的火鸡,店里现在没有。"老板答道,"不过,我可以为你订一只。"

"噢,不麻烦了,"妇人道,"其实我不是想买,我前些日子减肥,轻了 15 磅。我只想瞧瞧 15 磅肉到底有多少。"

（赖　玫　编译）

有没有活干不计较

一个姑娘走进一家大公司的经理部,问:"你们要女秘书吗?"

"我们倒很愿意录用您,小姐,可是眼下经济危机,没活儿干。"

"有没有活干我倒不计较,只要有工资就行!"

（李军苏）

买 钉 子

一天,一家商店进了几箱钉子,全从"后门"卖了。有个社员盖房,急需买几斤钉子,他来到这家商店,对营业员说:"同志,我买10斤钉子。"营业员说:"没有了。"社员又说:"没有10斤,我就买5斤吧!""也没有。"社员仍然苦苦哀求道:"同志,你无论如何得卖给我1枚。"营业员诧异地问道:"你这个人才怪呢! 买1枚干什么?"社员说:"用它把你们后门钉住!"

(阎昌清 辑录)

自食其果

店员:老板,我把那些变了质的面包都卖出去了。

老板:真的! 那些臭鸡蛋和发了霉的羊肉呢?

店员:也都卖出去了。

老板:噢,你真能干。下个月我一定给你加薪,不过你把这些都卖给谁了?

店员:布朗太太,她家里今天正好请客,我……

老板:什么,你全卖给布朗太太了? 你这个混蛋,噢! 我的肚子疼呵,噢,我要吐,我要……

(乔长森 编译)

选 帽 子

有位夫人在商店里选购帽子,试了20顶都不中意,最后总算下决心挑中了1顶,对售货员说:"我就买这1顶吧。多少钱?"服务员彬彬有礼地回答:"夫人,这顶帽子不收钱,因为您进店时戴的就是它。"

(朱本成 编译)

再见妈妈

约翰在超级市场买东西,突然有一位老太太对他看了又看说:"哎呀,你太像我去世的儿子了。我可真是太想念他了,你能不能对我说一声'再见,妈妈'?"约翰觉得老太太很可怜,便说了声:"好的。再见,妈妈。""哎,再见,孩子。"老太太大声说着走了。约翰买好东西刚要走,营业员叫住他:"喂,先生,你母亲的账你还没付呐!"

(陈 头)

紧身服装

顾客:"请问有紧身服装吗?"

店员:"什么款式的?"

顾客:"能把人身上的部位都凸显出来,使人看上去,有棱有角。"

店员:"你最好到对面的粽子店里看一下。"　　　　(毛国伟)

环境关系

"这里的营业员说话怎么那么阴阳怪气,一点不热情!"

"这可能跟环境有关系。"

"怎么?"

"因为这里是地下商场。"

(黄宪高)

换 大 衣

在时装店里。

"我想把昨天在你们这里买的这件大衣换一换,因为我的妻子不喜欢。"

"要知道,这可是当前最流行的大衣! 先生,如果你不介意的话,我倒建议您把妻子换一换。"

(吕尔勤　编译)

小男孩问价

一个男孩走进商店问:

——多少钱 1 公斤面包?

——4 法郎。

——多少钱 1 公斤白糖?

——12 法郎。

——2 公斤面包和 2 公斤白糖共多少钱?

——32 法郎。

"谢谢,请把您回答的问题写在本子上。"营业员写完后,问:"你问这些干吗?"小孩回答说:"这是我们老师课堂上要问的。"说完,就回家去了。

(高艳春　编译)

(插图:李　加)

绝 对 一 样

一顾客看见一家小商店的玻璃橱窗里摆着一个大蛋糕样品，标价很便宜，他赶紧掏钱买了一个。蛋糕买到手，发现上当了，就问："为什么这个蛋糕比橱窗里的样品小这么多？"

店主："本店货真价实，童叟无欺。我敢担保，你买的这个蛋糕和那个样品的大小绝对一样。"

顾客："可实际上大小差异很明显呀？"

店主："噢，橱窗前面的玻璃是块放大镜！"

（刘轶群）

（插图：张　恢）

买　　车

汤姆在报上看见一则自行车广告，他特别喜欢那新式车灯的造型，就去了登广告的商店。

店主非常热情地推出一辆，汤姆一看，就惊奇地问："怎么自行车上没车灯？广告上不是明明有的吗？""是的，先生，只是那车灯不包括在这价格内，它是附件。"店主回答。

"不包括？"汤姆生气地说，"真是不可思议，广告上有，就应该有！"

"是吗，先生，"店主平静地说，"那广告里的车上还有一位

姑娘呢!"　　　（范　岭）

家 长 里 短

　　一家十五口,七嘴八舌头。在恋爱、婚姻和家庭方面,人人都有一本难念的经。

锤子的故事

有一个人想挂一张画,但没有锤子,决定到邻居那儿去借。就在这时候他起了疑心:要是邻居不愿意借给我怎么办? 昨天他对我只是漫不经心地打招呼,也许他匆匆忙忙,也许这种匆忙是他装出来的,其实是他对我不满。什么事不满呢? 我又没有做对不起他的事,是他自己多心罢了。要是有人向我借工具,我会立刻借给他,而他为什么不借呢? 怎么能拒绝帮别人这么点忙! 而他还自以为我依赖他,仅仅因为他有一个锤子! 我受够了。

于是他迅速跑过去,按门铃。邻居开门了,还没来得及说声"早安",这个人就冲着他喊道:"留着你的锤子给自己用吧! 你这个恶棍!"

(秦　剑)

杨捣蒜

有个叫杨抗的人,他家和对门家的关系处得很好,吃点比较好的饭菜就互相送。这天对门家吃饺子,饺子一下锅,杨抗在这边看得真切,急忙找蒜。他猜想待会对门准会送饺子来,他怕送饺子时再捣蒜来不及,他蹲在门坎上边扒蒜、捣蒜边等着对门送饺子来。眼看着对门家的饺子从锅里捞出来了,他想马上就可以吃热饺子了。这时,就听对门家的孩子说:"妈,给我杨叔家送点去。"孩子妈说:"不用了,你没看你杨叔在捣蒜吗? 他家今天也是吃饺子。"

(刘秀云)

搬　家

（插图：李　加）

竹山是个爱静的人。可他住所的右边是家桶铺,左边是家铁铺,整天"咚咚、锵锵"敲个不停。他发愁地叹道:"要是这两家肯搬走,我就请客大吃一顿,表示庆祝!"

一天,两家铺子的主人一齐对他说:"我们两家要同时搬家,您说过要请客,那就请我们吃一顿吧!"

竹山忙问:"几时搬?"

"明天。"

竹山喜不自胜,当晚就请他们吃了一顿。宴席将散时,竹山问:"二位将搬何处?"两人同声答道:"我搬到他家,他搬到我家。"

（王　虹）

可怜的热心人

一位老人沿着大街走着,这时他看到一个男孩正要按门铃,可是怎么也够不着,老人便走过去说:"我来帮你按吧。"接着他用力一按,铃声足以使整幢屋子都能听见。

小男孩抬头看着他说:"我们赶快跑,快!"老人还没弄清是怎么回事,那个恶作剧的小孩早已跑得无影无踪了。这时,主人气冲冲地打开房门,望着不知所措的老人问:"有什么事?!"

（李金两　编译）

顾不上吃

有一个啰唆人问他的邻居:"你家的猪为什么这样瘦?"

邻居说:"因为不肯吃食。"

啰唆人问:"为什么呢?"

邻居说:"这种猪,嘴太长。"

啰唆人又问:"为什么嘴长就不肯吃食呢?"

邻居说:"像这样长的嘴,只顾刨根挖底,哼哼唧唧,哪还顾得上吃食。"

（徐卫东）

两记耳光

从前，有个妇人被丈夫打了一记耳光，回娘家向她父亲告状说："爸爸，我丈夫打我就等于侮辱了你，你应当报复才对。""他打你哪一边脸？""左边。"她父亲便在她右脸上狠狠地打了一巴掌，说："现在你该满意了。你可以去对你丈夫说，他敢打我女儿侮辱我，我便打他老婆侮辱他！"

（张志夫　编译）

共同语言

母亲接连为女儿介绍了四个对象，女儿都不满意。母亲实在憋不住了，就问："究竟什么样的对象才称你的心呢？"女儿红着脸说："我要找一个有共同语言的人。"母亲听了感到莫名其妙："娃呀，他们又不是外国人，难道你还怕听不懂他们的话？"

（张国华）

上当

"妈，我发现杰克很爱我。"

"你是怎样知道的呢？"

"每当他拥抱我时，我都听到他的心在怦怦地跳。"

"傻女，你要当心啊，当年你爹就是身藏一只怀表使我受骗的。"

（梁炽基　编译）

（插图：李　加）

馋　妹

住校的女儿气恼地说："妈，你别让妹妹把吃的东西送到学校去了。你不知道，她在来的路上就要吃掉一大半呢。"

母亲："那也比不送好啊，至少还有一半呢。"

女儿："可她还要往回走呀。"

（郑　涛）

玉皇大帝

公婆与儿媳吵了一架,一气之下叫出差在外的儿子急速回来召开家庭会议。

儿子面对父母、妻子,很为难地说:"爹是天,娘是地。"父母一听,面露喜色,而妻子却气愤地瞪了他一眼。看着妻子气恨难消的神色,他接着说:"妻子是玉皇大帝。"

妻子一听丈夫把她比为玉皇大帝,可管天地,脸上顿时"阴转少云"连连点头。

儿子接着又说:"宁可惊天动地,不可惊动玉皇大帝。"

父母不约而同地:"啊!"

(王岳伟)

(插图:李 加)

母女情深

一个6岁的女孩正给住院的母亲打电话。

女儿:妈,他们不让我来看你,爸让我给你打电话。

母亲:宝贝,医院不准12岁以下的孩子探病。妈现在很好,谢谢宝宝。

女儿:妈,你好好养病,我一满12岁就来看你。(周道根 编译)

剪 发

妈妈让丽荣去剪发,丽荣不肯。妈妈开导说:"长头发需要很多营养,这可是浪费啊!"丽荣答道:"既然长头发需要许多营养,那剪了的头发不就等于剪了营养?这可是大大的浪费了!"

(吴婉倩)

亲儿子

婆媳两人到集市上买菜。婆婆对卖菜者说:"小伙子,卖菜要给足分量,可不能短斤少两坑人。"小伙子一听,十分生气:"大娘,坑人的事我可没干过,要干我就是你的亲儿子。"话音刚落,身后的儿媳却恼了:"你干我还不干呢。"

(孙常君)

妈妈 算术好

女儿:爸爸,你的算术怎么没有妈妈好?

父亲:你怎么知道?

女儿:你每天向妈妈报账的时候,妈妈总是说:"错了! 你还有剩下的钱,到哪里去了?"

（黄宪高）

白麻

三个闺女同时回娘家,娘家可遭殃了。大闺女藏盆,二闺女偷碗,三闺女手脚慢了点,没什么可拿,四下看了看,发现窗外有一缕白麻,伸手便抓。忽听得有人大叫了一声,三闺女仔细一看,哪里有白麻,分明是老爹爹的胡子。

（孟献龙）

（插图:毛小榆）

叔叔抱阿姨

在公园里,小女孩对父亲说:"爸爸,抱抱我。"

父亲笑着说:"都5岁了,还让爸爸抱,多没出息呀!"

小女孩一边用小手指着树下的一对恋人,一边说:"爸爸,你看阿姨那么大了,还让叔叔抱,我为什么不能让你抱?"

"啊……"

（安群）

伟大的母亲

一个从没梳头的懒孩子拿梳子理了理自己的头发,头皮被拉得生痛,于是他感慨地说:"难怪人们都说母亲是伟大的,梳头这么难受,我母亲还天天坚持。"

（张德军）

（插图：敏　毅）

挣　钱

小女儿：爸爸，我给您挣钱啦！

爸爸：好女儿，等长大了再挣钱吧。

小女儿：不，我现在就挣钱了。您看，我已经挣来了。

爸爸：咦，三分钱，哪来的？

小女儿：是我卖牙膏皮挣来的。

爸爸：牙膏呢？

小女儿：挤到垃圾箱里去了。

爸爸：啊……

（杨会敏）

谁 写 的

小梅：爸爸，老虎额上有"王"字吗？

爸爸：有。

小梅：老虎不吃人吗？

爸爸：吃人。

小梅：那它头上的"王"字是谁写上去的呢？

（吴　名）

有话就大声说

娟娟的爸爸正在客厅里和人谈话，娟娟几次想附着爸爸的耳朵说悄悄话，都被爸爸推开了。爸爸责备她："当着客人耳语最不礼貌，有话就大声说呗。"

娟娟便大喊道："妈妈说今天家里没菜，叫你别留客人在家里吃饭。"

（王　勇）

不得而知

母亲看见女儿的衣服和脸都十分脏，就生气地教训女儿："你什么时候看过我像你那样不爱干净，衣服和脸都这么脏？"

女儿回答说："我怎么能看得见您小时候呢？"

（蓝馥亭）

兄弟与酒

哥哥买了一桶酒,用封条封住桶口。弟弟在桶底钻了一个洞,天天偷酒喝。一天,哥哥发现酒少了,而封条却完好无损,很是惊奇。别人建议他检查一下桶底,哥哥骂道:"笨蛋,我桶里的酒是上面少了,又不是下面少了。"

(侯向阳)

哥哥:今天还要我帮你做作业吗?

弟弟:不敢要了,昨天你把"一顿饭"写成"一吨饭",同学们都笑话我是"大饭桶"。

(朱亚军)

大饭桶

(插图:蒋 峻)

同一时候

半夜里,刺耳的电话铃响了,约翰迷迷糊糊地拿起话筒,以为是长途电话,心里怦怦直跳。一听,原来是妈妈打来的。"哦,妈妈,是您。出什么事了?"

"没什么,"他听到妈妈在笑,"我的孩子,今天是你的生日。"

"您!唉。您深夜把我从床上叫起来,就是为了告诉我这件事吗?"

"对。30年前的今天,你也是在这个时刻把我从床上折腾起来的。"

(谢加琪 编译)

乖乖隆的咚

　　妈妈见小强手脚不停,一分钟也闲不住,就带他到儿童心理医疗中心求治。医师观察了小强一番,摇摇头说:"这孩子得的是'儿童多动症',没有啥特效办法,不过听说中医气功能有办法。"

　　妈妈又带小强来到气功师那儿。气功师摸摸小强的脑袋,说:"这病好治,只要每天坚持做一小时站桩功就行。切记,要一动不动……"还没等气功师把话说完,妈妈一把拉过小强,扭头就往外走,说:"乖乖隆的咚!我家孩子能一个小时不动,我还带他来这里干啥!"

（陈鸿芷）

不懂就问

　　妈妈:跟你说过多少次,不懂应该问老师。

　　孩子:我问过了,老师不肯说。

　　妈妈:什么时候?

　　孩子:就在昨天考试时。（沈　浩）

别　出　声

　　狄克:妈妈,你看那个人,秃头。

　　母亲:别出声,孩子,他会听见的。

　　狄克:难道他自己不知道吗?

　　母亲:……

（梁炽基　译）

小汤姆的关心

　　小汤姆向妈妈要2分钱,妈妈生气了:"我昨天给你的钱作什么用了?"

　　"送给一个穷老太婆了。"

　　妈妈听了转怒为喜,就掏出5分钱给汤姆:"这5分钱你准备怎么用?"

　　"再去给这穷老太婆。"

　　"你怎么会关心起她的?懂事的孩子。"妈妈又高兴又好奇地问。

　　"因为她是卖糖的。"

（吴　俊　编译）

原　因

妈妈:乖乖,你的手指怎么包起来了?

孩子:不留神,被锤子砸伤了。

妈妈:怎么没听到你哭?

孩子:我以为你不在家。

（张麒君）

挨了两次打

儿子:妈妈,今天爸爸打了我两次。

妈妈:他为什么打你?

儿子:第一次是因为我让他看了写满"2 分"的记分册,第二次是因为他发现这是他自己小时候的。

（王明忠）

双胞胎

布莱克太太正在给一对双胞胎洗澡。洗完后,她听到两个小家伙在床上"格格"大笑。

"你们笑什么?"布莱克太太问。

"妈妈,"老二回答说,"你给哥哥洗了两回,可是还没有给我洗呢!"

（邢　帆）

原汤化原食

妈妈很疼爱独生儿子小宝。每逢吃完饺子,妈妈总逼他喝点饺子汤,吃完面条,总要叫他喝点面条汤。小宝问:"我吃饱了,为啥还要喝汤呢?"妈妈说:"原汤化原食。"小宝接着说:"妈妈,那吃完了油炸糕,还得喝油吗?"（高建宏）

再见吧,妈妈

妈妈拉着胖胖横穿马路,被民警叫住,她知道违章是要罚款的,便凑近胖胖的耳朵嘱咐了几句,硬着头皮向岗亭走去。

胖胖妈:民警同志,我捡了个迷路的孩子。

民警:啊! 谢谢您,孩子交给我,您可以走了。

胖胖妈:听话,一会儿叔叔会送你回家的。

胖胖:好的,妈妈再见。

（宋晓明）

小 淘 气

母：我叫你给奶奶吃的苹果，给她了吗？

子：给她了。但她还是给我吃了。

母：为什么？

子：我把她的假牙藏起来了。

（黄宪高）

怎么结婚

女儿：妈，小尤一定要我跟他结婚。

母亲：傻丫头，他没有房子，怎么结婚呢？

女儿：他说，旅行结婚，不需要房子。　（黄宪高）

谢 谢

小琼琼回家对妈妈说："阿姨给了我糖。"

"你说'谢谢'了吗？"

"没有。"

"那么赶快去说吧！"

小琼琼欢快地跑了出去，不一会儿他回来了，一脸的不高兴。

"碰上阿姨了吗？"

"碰上了。"

"你说了没有？"

"说了。"

"说了为啥还不高兴？"

"说了也没有用。"

"为什么没有用呢？"

"阿姨说'不用谢'。"

（李国明）

客厅里满堂宾客，小汤姆从后屋跑入厅堂，来到母亲面前，一本正经地问："妈，我们家的鹦鹉是公的还是母的？"

"母的。"母亲不假思索地回答。

"你怎么知道？"小汤姆问。

贵客们鸦雀无声，都想听听这位母亲怎样回答孩子的问题。只见汤姆的母亲慢条斯理地对小汤姆说："你没看见它嘴上涂着口红吗？"

应答如流

（梁炽基　编译）

太好吃了

有个富商的母亲要做 60 大寿,富商决定送一件新奇的礼物给母亲。一天,富商听说有一只神奇的鸟,能够唱出许多优美动听的歌,还能与人对话,他大喜过望,花了大价钱将这只神奇的鸟买下,立即派人给母亲送去。

第二天,富商给母亲挂了个长途:"您认为那只鸟怎么样?"母亲说:"太好吃了,只是小了一点!"

(陈志军)

圆明园是谁烧的

小强的老师对小强的妈妈说:"今天上课,我问小强圆明园是谁烧的,他居然说不是他烧的。"

小强的妈妈一听不乐意了:"老师,我们家小强一贯诚实,说不是他烧的,肯定不是他烧的。"

小强的爸爸听后乐了:"哎,孩子嘛,烧就烧了吧,值多少钱? 我们赔。"

……

(何庆龙)

我跟她不一样

宁宁和妈妈在一起看电影,当银幕上出现大孙媳妇把饺子藏起来的镜头时,宁宁拉拉妈妈的衣角,说:"妈妈,这阿姨真像你。"

"胡说!"妈妈争辩说,"她藏的是饺子,我藏的是汤团,我跟她不一样。"

(杨建民)

实在冤枉

母亲大声训斥儿子:"老师来家访,说你三天打鱼两日晒网,无心学习,看不揍你!"儿子争辩说:"老师冤枉我。我从没打过鱼,也没晒过网,不信去问……"

(廖雪东)

不 敢 吻

早晨,一位年轻女家庭教师来到主人家。母亲对小儿子说:"托穆,愣着干什么? 还不去吻吻你的老师。"

小儿子随即回答道:"妈妈,我可不敢。昨天,爸爸去吻她,让她狠狠地打了一个耳光。"

(阎树声)

（李　璀）

打成一片

父亲厉声地训斥儿子:"这学期你打架大有进步了!"

儿子:"这——我已改过了。"

父亲:"改过了? 这报告书上老师明明白白写着,'过去和个别同学打架,现在和同学打成了一片。'这不是打得更厉害了? 还嘴硬!"

（韦绍力　辑）

顺藤摸瓜

父亲教儿子学算术。念罢习题,父亲问儿子:

"这道应用题用什么方法计算?"

"用加法。"

"笨瓜!"

"用减法。"

"大傻瓜!"

"用乘法。"

"你真是一块榆木疙瘩!"父亲上火了。

"用除法。"

"对啦! 这次你可长了脑袋瓜。"

"爸爸,我这是'顺藤摸瓜'呀!"

望父成龙

父亲：孩子啊，我多么希望你今后能当个大官，那我就可以享福了！

儿子：是啊，爸爸，我多么希望你现在是个大官，那我就有靠山了！

（潘凤山）

意外结果

一位父亲抽彩奖，得到一件玩具。回家后，他把五个孩子召集在一起，说："谁该得这件玩具呀？平时谁最听妈妈的话？谁对妈妈的话从不回嘴呀？"

没想到，五个孩子竟同声答道："爸爸最听话，玩具归爸爸。"

（周道根　编译）

子比父大

年轻的爸爸不小心摔了一跤，被儿子看见了，便不好意思地自我解嘲说："爸爸老了。"

第二天爸爸下班回来，儿子满脸愁容地说："爸爸，我比你老多了，今天我摔了三跤。"

（德　军）

离　题

父：孩子，我替你写的那篇作文，评上优秀没有？

子：没有，老师说写得离题了。

父：不会吧，作文题不是《我的爸爸》吗？

子：是啊，可您写的是我爷爷呀！

（于一兵）

让　座

在满员的客车上，小刚坐在爸爸的膝盖上。

爸爸说："客车满员时，如果有人站着，应该将座位让给别人，这是礼貌与道德的体现。"

刚巧上来一位少妇，小刚忙从爸爸的膝盖上跳下来，拉着少妇的衣角说："阿姨，请坐我的座位。"

（谭艺文）

只有一些香蕉皮、牛排骨头和咖啡渣!

（王智鸣）

不能随便喊爸爸

一天，张老四的儿子到建筑工地，上喊爸爸回家吃饭。儿子来到工地，张口喊道:『喂，张密四，快回家吃饭。』张老四听见儿子直呼其名，气得回家……

勿　念

小永，我如果喊爸爸，你永远是爸爸了。

爸爸见儿子还念叨……我的脸……

爸，他们都会好的……

（傅承刚）

小明从学校回来，见了爸爸就哭。"怎么啦? 有什么事?"爸爸着急地问。

小明眼泪汪汪地说:"今天有几个同学笑我，说我像猴子。"

爸爸连忙安慰他:"小明，别理他们。你只要像我就行了。"　　（项纯丹）

报　纸

父亲:今天的报纸哪去了?

儿子:我裹垃圾扔了。

父亲:我还没看呢!

儿子:有什么好看的?

出乎意料

布朗经常在人前夸耀自己儿子聪明。有一次，他对一个客人说，他的儿子才两岁便知道了所有的动物，并要当面考考儿子给客人看。他从书架上取下一册自然课本，先让儿子看一幅长颈鹿画片。

"这是什么? 儿子。"

"马!"

接着给他看了幅画有老虎的图片。儿子说:"那是猫咪!"

然后，布朗给他看了狮子图，儿子却说:"是狗!"

最后让他看的是大猩猩，儿子不假思索地回答:

"这是爸爸!"

(陈安武　编译)

"普调一级"

媳妇进了产房。金老师和老伴及他的儿子守候在门外。

金老师喜滋滋地对儿子说:"你要做父亲了。"

儿子兴奋地说:"您——也将做爷爷了。"

老伴接口道:"咳,你们爷儿俩忙升级,可别忘了俺老婆子!"

"妈,看你急的!"儿子瞅了产房一眼,竖起食指放在唇边,小声说,"普调一级嘛!"

(张树生)

我讨老婆谁出钱

秦老头有三个儿子。前几年,为了给大儿、二儿操办婚事,秦老头可说是精疲力竭、家贫如洗了。

今年,小儿子谈成对象,成天向秦老头要钱结婚,但秦老头身无分文,整天沉着脸抽烟发闷气。

一天,小儿子又在秦老头面前要钱结婚,秦老头不禁勃然大怒:"混蛋! 你们这个讨老婆问我要钱,那个讨老婆问我要钱,我讨老婆的时候,你们给了多少钱?"

(廖星杰)

麻　　烦

孩子:"爸爸,咱们去割个双眼皮吧,你看妈妈,眼睛大大的,眼皮双双的,多漂亮!"

爸爸:"傻孩子,你不知道你妈妈早上起来有多麻烦,咱们醒了,一下就把眼睛睁开了,可你妈妈得睁两下才能睁开。"

(宁智慧)

父 与 子

一位父亲望子成才,所以老爱出一些怪题来考儿子。一天,父亲问道:"树上有十只鸟,我一枪打落一只,树上还有几只鸟?"儿子回答:"九只。"父亲给儿子两个耳光,骂道:"鸟早被枪声吓飞啦!还会在树上?"然后又问道:"你一个人在家里,当我回到家时,家里有多少人?"儿子说:"一个。"父亲发怒了,又要打,儿子辩道:"你一回来我就跑了!"　　（周　海）

证　　明

亨利抱着三岁的儿子去办理一张新的司机执照,办公室里的办事员用冷冰冰的口吻说:"请出示身份证。"

亨利:"我皮夹掉了,所有的证件都遗失了。"

办事员:"我不管,你非得找出什么来证明你的身份才行,否则不予办理。"

亨利急忙转向儿子,指着自己问:"我是谁?"

"是爸爸!"儿子开心地大声回答。

办事员表情严肃地点点头:"可以了!"他在表格里填上:"由亲属证明。"　　（郭晓民　编译）

赚了不少便宜

有个娇宠惯的小男孩叫楠楠,今年5岁。这天突发奇想,要爸爸叫自己"爸爸"。爸爸不愿意,楠楠就大哭起来,妈妈见了心疼地说道:"让你叫你就叫吧,叫了也少不了肉,就一次还不行吗?"爸爸听了很不高兴地叫了声"爸爸",楠楠一听叫他"爸爸",倒也不哭了。可事后爸爸觉得,管儿子叫'爸爸',这算什么名堂呢? 妻子就安慰说:"算了,别跟他一般见识了,小孩子嘛! 有时他不听话,你不也叫他'小祖宗'吗,今天你叫他爸爸,我看你还赚了不少便宜呢?"

（魏德军）

心理准备

汤姆放学回家,爸爸发现他的眼角又青又肿,就问他是怎么回事。汤姆回答:"是基比,他仗着自己是大块头,经常欺负我们。"

"啊,真是太不像话了! 我得告诉他父亲,他应该好好管教管教他的儿子,怎么能让他随便在外面撒野呢! 你告诉我他家门牌,我这就去跟他讲理。嗯……顺便问一下,他父亲的块头大不大?"

（裴　丽）

抱　怨

敬老院登记处传来阵阵争执声,原来是登记员和两位老人在争吵。其中一位老人指着旁边一位老人,对登记员说:"他都可以进敬老院了,我怎么不能进?"登记员说:"按规定,敬老院一般只收无儿无女的老人,他无儿无女,当然可以进啦。你有儿子,进来恐怕就不太合适。"老人一听更火了,用手指着身边那位老人,大声嚷道:"是啊,我有儿子! 可,他就是我儿子!"

（孙汉东）

妻管严

有个小男孩叫丹丹,这天正在院子里玩,听见大人们说妻管严,就回家问爸爸:"什么叫妻管严呢?"只见他爸爸悄悄地趴在他耳朵上说:"等一会你妈妈出去了,我再告诉你。"

（魏德军）

不要出轨

百万富翁和火车司机同时向一少女求婚。

"妈,我该嫁给谁?"少女征求母亲意见。

"火车司机!"母亲坚定地说。

"为什么?"女儿追问。

"这很简单,"母亲解释说,"谁能像火车司机那样经常提醒自己'不要出轨'?"

（梁炽基　编译）

（插图:李　加）

小青找对象

王大妈给小青姑娘介绍了个男朋友,小伙子浓眉大眼,挺有精神。可小青嫌人家个头太矮,说是"二级残废"。她对王大妈说:"我要找个1米75至1米76的。"不几日,王大妈按他的标准找了一个。一见面,小青生气了,问王大妈:"你怎么给我介绍个跛子?"王大妈说:"你不是要1米75至1米76的吗？他左脚着地1米75,右脚着地刚好1米76。"

（杨长发）

求　爱

"……西班牙的妇女善于使用扇子表达感情,一位妇女用扇子把脸的下半部遮起来,眼睛望着你,这意思是在问你:你喜欢我吗?"

一位小姐看到这条消息,第二天,她来到一位男士的家,打开扇子,遮住了下半部脸,纯情地望着她心目中的白马王子。谁知,尴尬的男士立即不好意思地站起身来,喃喃地说:"真对不起,我的口臭病真该死!"

（秦　晔）

影迷谈恋爱

小李：走。我们现在就去登记结婚。

影迷：《不，现在还不》。

小李：为什么？

影迷：因为《仅有爱情是不够的》。

小李：那么还需要什么呢？

影迷：《绿宝石护身符》、《瑰宝》和《蓝盾保险箱》。

小李：啊！《真没想到》，你这不成了个《嫁不出去的姑娘》了吗？

影迷：……　（洪卫亮）

死　光　了

女青年：今天你能陪我玩玩吗？

男青年：不行，厂里活儿忙。

女青年：你请个假，就说你老姨死了。

男青年：上次为陪你，我老舅已"死"过一回了，照这样下去，咱俩谈成了，我家的亲戚也该"死"光了！

（张宝桐）

你没姐姐

客厅里，一绅士正等着自己的女朋友下楼，这时，女朋友的弟弟进来了，他一见绅士，就吼道："你怎么总来找我的姐姐，难道你自己就没有姐姐吗？"

（邵亚　编译）

低　头

婚姻介绍人问一位姑娘："你找对象有什么要求？"

"我希望找个比我高出两个头的男子。"

"为什么要找那么高？"

"因为只有这样，他才能在我面前低着头说话。"

（黄宪高）

说谎的报应

"为什么是 22 颗呢?"

"和你的岁数一样。"

"原来是这么回事。"未婚妻暗暗地责备自己:要是我把真实年龄告诉他就好了。

初恋情话

姑娘:奇怪! 你跟我说话怎么老嚼着糖?

小伙子:不嚼糖,哪来的甜言蜜语。

姑娘:荒唐!

小伙子:不对,是奶糖。

(杨建民)

夏尔对未婚妻说:"亲爱的,你瞧这串项链,上面正好有 22 颗珍珠。"

(杜青刚 编译)

(插图:强 子)

爱比海深

约翰:亲爱的,我爱你比——比大海还深。

凯西:我最讨厌大海了,我的大哥就是淹死在海里的。更何况,你比大海还深!

约翰:……

(孙 宏 编译)

月亮代表我的心

女:咱们的爱情到此结束吧!

男:不不! 当初你是那样爱我,就是在这里,你海誓山盟地对我说:"月亮代表我的心!"难道你忘了吗?

女:"月亮代表我的心?"……对! 那天我是这样说的。不过那天是十五,今天是初一,谁都很清楚:

十五的月亮和初一的月亮不一样!

（任　飞）

（**插图**:李　加）

话不投机

物理系博士研究生初次和女朋友约会,就大谈起力学知识来:"你知道吗? 上托之力为浮力,下沉之力为重力,向前之力为推力,向后之力为阻力,突发之力为暴力,共同之力为协力……"女友觉得话不投机,在和他"哗哗"时,顺口问道:"从今以后,我们各奔东西,再不来往,这叫什么力?"研究生很失望,喃喃地说:"这、这叫离心力……"

（孙建斌）

我们是远亲

一对男女青年到乡政府办理结婚登记手续。

乡民政助理:"你们是近亲,按《婚姻法》规定,近亲不准结婚,不予办理。"

男青年:"不,我和姑表妹家相距一百多里呢,是远亲。"

（李建平）

方　便

一位姑娘和一位小伙子在公园里约会。看起来是第一次见面,两人坐在长石椅上,起初颇为忸怩,慢慢地转入了自然。交谈了好一会儿,小伙子突然站起身,姑娘问:"你干什么去?"小伙子不好意思地说:"我……我去方便方便……"

姑娘似乎不理解什么叫"方便",困惑地瞅着小伙子,直到眼盯着小伙子进入了不远处的厕所,她才若有所悟地点了点头。小伙子从厕所里出来,又坐在长石椅上和姑娘亲热地谈了起来。姑娘发问:"你什么时候到我那儿去看看?"小伙子彬彬有礼地说:"如果你愿意的话,我打算在你方便的时候去看上一看。"

（贵梧桐）

初步印象

介绍人抽了一口烟,然后问道:"姑娘,你对那个男的初步印象如何?"

姑娘:"他说话时和你抽烟一样。"

介绍人:"自然还是潇洒?"

姑娘:"不! 吞吞吐吐。"

（杨 晗）

担心第三者

一位姑娘总担心她的男友还会与其他姑娘谈恋爱。一天,男友讲:"亲爱的,我们能在月亮里该多好。"姑娘:"为什么?"男友:"那儿不用担心别人的干扰。"

姑娘:"不! 那儿有嫦娥……"

（许耀守）

等 待

甲:你都三十好几了,为什么还不结婚?

乙:我在等她。

甲:她不是早和你分手了吗?

乙:是啊! 可分手的时候她说过:"要想我和你结婚,那你就等一辈子吧!" （王守学）

礼 物

女朋友过生日,男朋友送她一本字典。女朋友老不高兴:"你干吗要送我一本字典呢?"男朋友说:"你知道,我是很讲实效的人。"

"你要讲实效,咋瞎花钱买我根本用不着的东西?"

"哎,去年生日我送你一枚金戒指,你说找不到合适的字眼来感谢我,所以我今天就给你送这本字典啰!" （梁路峰）

信教徒

有一位佛教徒的女儿爱上了一个不信佛教的小伙子,可她的父母就是不同意女儿的婚事。

过了一段时间,父母见女儿整天哭哭啼啼,就安慰女儿说:"不要难过,以后爸爸妈妈肯定给你找个信佛教的对象。"

女儿说:"不,他已经信佛教了。"

父母高兴了:"那么,你们可以结婚了!"

女儿说:"不。他信得太深了,已经出家当和尚了。"

(何奕娟)

产品削价

一位漂亮女郎急急忙忙找到她的男友,说道:"你知道吗?现在的家用电器产品都减价了,有的还减掉将近50%,你应该高兴啊!"她的男友说:"是啊!什么时候你也减价,让我高兴呢?"

(陶海金)

(插图:麦荣邦)

天地之别

甲:听说你的女朋友这次差点和你『吹』了?

乙:唉,别提了。

甲:怎么了?

乙:问题出在情书上,我把『我吻你』写成了『我刎你』。

(晓 丁)

心 里 话

师姐替师弟介绍了一个对象,大家相互介绍之后,师姐轻轻地对师弟说:"我要走了。今天,你可万万不能像平时那样一声不吭的,你一定要大胆地说!"

师弟听了此话,突然一把拉住师姐的手,大声说道:"师姐,我爱你!"

(李树民)

好办

丈夫发愁:"唉,听人说,上了大学是一年土,二年洋,三年不认爹和娘。我们的儿子虽说考上了大学,可到时不认我们怎么办?"

妻子说:"那还不好办,我们只让他读到二年级不就可以了吗?"

（陈玉玲）

（插图:李 加）

名誉有关

丈夫被六个月的女儿抓得满脸是伤。妻子催他去医院,丈夫说:"我不在乎这点伤。"可妻子说:"我却在乎我的名誉!"

（魏德军）

林黛玉打扫卫生

一对年近古稀的夫妇在观看彩色戏曲片《红楼梦》,当看到林黛玉身背花锄,含泪葬花的时候,老太婆长叹一声说:"老头子!你看林黛玉的命多苦啊!死了亲娘,寄养外婆家,还要逼她去劳动哩!"老头子不以为然地说:"你不懂,她不是去劳动,她是去花园打扫卫生呀!"

（李光云）

肚里没货

招生考试前夕,小江在家里急得团团转,嘴里不停地嘟哝着:"难哪,真难哪!"他的妻子听了就说:"再难也没有我们女人生小孩难吧!"小江摇摇头说:"这不见得,你们生小孩总归肚子里还有货,可我却一点也没有呀!"

（余 映）

绝　招

有一对夫妇,第一胎生了个女孩,取名"招弟"。第二胎又是一个女孩,取名"又招"。第三胎还是一个女孩,取名"再招"。但是第四胎仍旧是女孩,父亲火了,给她取名"绝招"!

（顾春林）

球迷丈夫

一位太太请人来给她修理电视机,刚刚修好,太太听见丈夫下班回来开门的声音。"快!"她急忙对修理工喊道:"你快藏起来,我丈夫可是个爱吃醋的人。"修理工当时已来不及从后门跑出去,只好藏在电视机的座架下。

丈夫进来后,就一屁股坐在沙发上看足球赛电视转播。那位修理工却蜷缩在电视机座架下感到越来越热,最后他再也忍不住了,就猛地一下爬出来,飞快地穿过房间跑了出去。

丈夫仔细瞅瞅电视,又望望妻子,回头问道:"我没看见裁判罚哪个队员出场呀,你看见了吗?"

（柴　樵）

各有所思

妻子:你这个人太不正经了,每次看见漂亮的女人,就忘了自己已经结过婚了。

丈夫:你说错了,恰恰相反!我每次看见漂亮的女人,心里最耿耿于怀的就是我已经结了婚。

（王淑芬）

难言之痛

晚餐后,丈夫喊腰痛,妻子关切地让女儿给他捶背。过了一会儿,妻子又柔声问丈夫:"还痛不痛?"

丈夫答:"不痛了。"

妻子又问:"真的不痛?"

丈夫点头称是。

"那好,去洗碗吧!"妻吩咐。

（谢玉光　编译）

（插图:麦荣邦）

离婚的理由

"你为什么要和你妻子离婚?"

"她总躺在床上吸烟。"

"这不能成为离婚的理由。"

"可是她喜欢把我的耳朵当烟灰缸。"

（杨 杨 编译）

近 亲

妻子:"唉! 嫁给你还不如嫁给魔鬼。"

丈夫:"那不可能。"

妻子:"……"

丈夫:"法律上规定,近亲不准结婚。"

（王炎荣）

你比我强

丈夫:从各方面来看,我都比你强,当然,有一点你比我强。

妻子:哪一点?

丈夫:你的爱人比我的爱人强。

（董志元）

吃了猪油

丈夫爱吃肥肉,妻子爱吃瘦肉,两人为买肉经常争吵。丈夫便想了个理由骗妻子说:"男子汉就是要吃肥肉,不然打不过人家。"妻子想想有道理,从此也乐意为丈夫买肥肉。

有一次,妻子看见丈夫与人家打架,心想他吃了肥肉,肯定能打赢。不料丈夫却被对方打倒了。妻子不解地问:"你不是说吃了肥肉打得过人家吗?"丈夫气呼呼地说:"那家伙吃了猪油。"

（刘宗良）

管事

丈夫甲:我在家是什么事都无权管啊!

丈夫乙:我在家是专管大事,不管小事。

丈夫甲:你管过什么大事呢?

丈夫乙:没有,我和妻子结婚这十几年来,家里还没发生过什么大事。

（邓　磊）

秋天落叶

夫妇两人一起去参观美术展览。当他们面对一张仅以几片树叶遮掩羞部的裸体女像油画时,丈夫立刻张口注目地盯着那幅画,呆立半晌仍不想走开。妻子狠狠地揪住丈夫吼道:

"喂,你是想站到秋天,待树叶落下才甘心吗?"

（李本禄）

吃辣子的好处

甲:我这个人只要有辣子吃,其他什么菜不吃都可以。

乙:吃辣子是有许多好处。其中最重要的一条,就是不怕老婆,能当家。

甲:可我妻子比我吃得还凶。

乙:这……

（刘跃新）

新婚之夜

一对新婚夫妇开始了他们的蜜月旅行,他们来到了一个旅游胜地。晚餐过后,新郎便迫不及待地上了床,但是新娘却拖过一把椅子坐下,对着窗外的星星望着。

丈夫奇怪道:"你不睡觉吗?"

"不!"妻子回答,"妈妈告诉我,这是我生命中最美妙的一个晚上,我不想错过它的一分一秒。"

（王永昌）

同病相怜

小吴的老婆很厉害,动不动就让小吴在水泥地上罚跪。

这天,小吴向岳父诉苦:"我这两个膝盖都快得关节炎了。"

岳父说:"你看,我和你岳母的屋里自从铺上地毯以后,我这两条腿舒服多了。"

（小　邢）

缘故

怀孕的妻子对丈夫说:"这小家伙在踢我肚子啦!"

"噢,可能是你吃了一只汤圆的缘故。"

"怎么?"

"他以为是个足球,所以踢起来了嘛。"

(黄宪高)

存款

"婚前你说你那儿有的是存款,对不对?"妻子厉声问道。

"对。"丈夫平静地回答,"我现在还这么说。你也知道,我在银行工作。"

(赵贤权)

没机会

饶舌的妻子对驯服的丈夫说:"你昨晚又说梦话了。"温顺的丈夫说:"不假。不然的话,我就没有说话的机会了。"

(尚晓雪)

懒得吱声

一天下午,有个人躺在床上,对妻子说:"我想吃面条,给我做一碗。"妻子点点头,就动手和面。等她和好面,对丈夫说:"请你把面板拿给我,我好擀面条。"

丈夫说:"我懒得下去拿,你就在我背上擀吧!"妻子擀好面条,要切面了,她说:"没有面板怎么切,还得你下去拿。"

丈夫说:"我懒得下去拿,你就在我背上切吧。"妻子一刀一刀地切下去,看见丈夫的背上冒出了血,就问:"你痛不痛?"

丈夫说:"痛是痛的,但我懒得吱声。"

(孙克红 整理)

(插图:李 加)

你为什么不能那样做呢

史密斯夫妇都是将近50岁的人了,丈夫一早便去上班,下午很晚才能回来。他们家对面住着一对新婚夫妇,丈夫每天上班前、下班后总要亲昵地吻一下漂亮的妻子,这种情景不止一次地被史密斯太太隔窗望见,她总感到丈夫对自己体贴太少。

一天,新婚夫妇正在甜蜜地接吻,史密斯太太一把拉过她的丈夫:"你瞧,人家对他妻子多么体贴,你为什么不能也那样做呢?"

"我当然愿意那样做。"史密斯先生犯愁地回答,"但我与那位太太还不十分熟悉呀!" (马德波 编译)

这不是画

一对年轻的夫妇去参观画廊。妻子站在一幅画着一个女人肖像的画幅前大声喊了起来:"这个女人多难看呀! 天哪!"

"嘘,轻一点!"丈夫说,"这不是画,是一面镜子!"

矫枉过正

丈夫忙了一天,下班回家,看见一家人都盯着看电视,没有人理睬他,于是满腹牢骚地说:"这个家越来越不像话,没有人关心我。"

第二天晚上,他回家时看见妻子站在门口,手里拿着他的拖鞋,还有一杯提神酒;儿子在门口用喇叭吹欢迎曲;小女儿拖着一面大旗走向台阶;最后面的是家里那只狗,脖子上套着一块牌子,上面写着:欢迎爸爸回家! (梁炽基 编译)

(插图:张林国)

（冯党军 辑）

比气功

一气功师到某地传功治病。一天晚上，某君受功回家，和妻子大谈气功师的功力。他说：「这位气功大师名不虚传，他在台上一发气，我在台下就感到有一股气直逼过来，令我全身发抖。」正在旁边做作业的7岁儿子马上接着说：「这有什么了不起。我们老师一发气，全班同学全身都发抖。」

（罗福权）

早期教育

儿子因行窃被捕，夫妇俩便互相埋怨起来。妻子嫌丈夫不进行早期教育，丈夫不满地说："你不是早进行了吗？他刚会拿东西，你就叫他掏我的口袋！"妻子哑然。 　（王兆民）

请太太阅兵

从前有个大元帅，南征北讨，英勇非常，但见了老婆，就跪地板、舔脚丫……叫他干啥就得干啥。他实在受不了了，就聚集众将，帮他治治那泼妇。

大元帅身穿戎装，手持大刀，摆齐队伍，摇旗呐喊地杀回家来。

他一头冲进家门，他老婆瞧见，舞着扫把呵斥道："干什么？"

大元帅顿时吓得浑身发抖回禀道："请太太阅兵。"

（齐正根　辑）

注　视

夫妻两人坐在公园的长凳上，丈夫隔不久就要向妻子的眼睛注视一会。妻子满怀喜悦地对丈夫说："亲爱的，自从结婚以后，你就很少像现在这样深情地注视过我了。""你错了，"丈夫道："这里风太大，我想在你的眼睛里看看我的头发是不是被吹乱了。" 　（王艳军）

（插图：李加）

对 话

妻子从丈夫杯子里呷了一口白兰地,皱皱眉头说:"哎呀,难喝死了!"

"可不是嘛,"丈夫说,"可你平日还要唠唠叨叨,说我喝酒享乐呢!"

(汪 影)

(插图:白庚和)

葡萄架倒了

从前,有个小官吏三天两头被老婆揪打。一天,他被老婆打得满脸青紫,只好包上布去公堂应卯。太守见状,问他缘故,他说:"昨晚乘凉,葡萄架倒了,刮破了脸皮。"太守知道他怕老婆,厉声说:"胡说,是你老婆打的吧。来人!快把他的老婆拿来重重惩治!"谁知话音刚落,太守忽听自己老婆一声咳嗽,马上说:"不好了,统统下去,我家院内的葡萄架也要倒了!"

(赵克忠 搜集整理)

常规检查

一个妒嫉心极重的妇女每天晚上都要对丈夫进行一次"常规检查"。只要在他大衣上发现一根细长的头发,就会认为他在和其他女人鬼混而大闹一场。

一天晚上,她仔细地找了又找,却什么也没找到。她突然一把鼻涕一把眼泪地哭叫起来:"这老色鬼,现在居然连秃女人都要了。"

(董校庭 编译)

妻子：你说，我长得怎么样？

丈夫：那还用说，当然比谁都漂亮啰！

妻子：当初我们结婚的时候，我妈只收了你几百块钱的彩礼，你说，这说明什么？

丈夫：说明"价廉物美"呀。

（黄宪高）

价廉物美

结婚纪念日

琼斯太太："您的丈夫还记得你们结婚纪念日吗？"

史密斯太太："不，他压根儿没放在心上。所以我在一月份和六月份都提醒他一次，这样就能得到两份礼物。"

（王建华　编译）

同床异梦

有一对夫妻感情不好，各自都有外遇。一天，夫妻俩正在睡觉，妻子突然在梦中惊慌地尖叫起来："天哪！你快走，我丈夫回来啦！"丈夫一下惊醒了，连忙穿上鞋说："糟了！我这就走！"说着一溜烟地逃走了。

（张恙鹏　编译）

急中生智

（插图：李　加）

商人的太太走进她丈夫的办公室，恶狠狠扫了一眼年轻美貌的速记员，然后怒冲冲地问她丈夫："你不是说你的打字员是个老太太吗？"

丈夫吓得不知所措，接着他对妻子说："是的，她今天生病，派她孙女来顶替。"

（许文龙　编译）

『绝妙』的建议

一位富商和他的妻子一起去珠宝店，他们看了许多首饰，终于看上了其中的两件。一件非常昂贵，一件价钱便宜。他俩一时决定不了究竟买哪一件。

店主想推销那件昂贵的，他对那位夫人说：『你还是多花一点你丈夫的钱吧，不然，他会给他第二位夫人花的。』

话音刚落，只见那位太太怒目圆睁，气愤地说道：『我就是他的第二位夫人！』

（陈　成　编译）

怎么好

琼斯对妻子说："你总爱与邻居比高低：他家添置新家具，你要我买一套；他家有了彩电，你要我也买一台。现在叫我怎么办呢？"

"他们家又买什么了？"妻子焦急地问。

"他新娶了个妻子！"

（戴先华　编译）

爱情诗

某男的一首爱情诗被一家刊物发表，妻大为不悦，问曰："这是写给哪个妖精的？"该男对曰："写给你的呀。"妻曰："为何婚前未曾见过？"对曰："你妈一直把它压在她的抽屉里。"　　（路晓骥）

不分你我

一对新婚夫妻外出度蜜月，丈夫早晨起来刷牙，找不到牙刷，便问妻子："亲爱的，我的牙刷哪去了？"妻子走过来："亲爱的，我们已经是一家人了，还分什么我的你的，以后不论做什么，都应该说是我们的。"过了一会儿，妻子问丈夫，你在干什么，丈夫忙说："我在刮我们的胡子。"　　（黄云志）

吃 喝 玩 乐

人往往在休闲的时候,游戏的时候,才肯脱掉面具,露出"庐山真面目"来。

重说一遍

在一家酒店的门口,侍者将三位喝醉酒的客人扶上一辆小汽车后,对司机说:"请你把右边一位送往火车站;中间一位送去船码头;左边那位送到飞机场。"

汽车开出后不久,又回到酒店门口。司机把侍者请出来,说:"半路上我一次急刹车时,他们三个滚倒在一起了。请你再重说一遍,哪一位是去哪儿的!"

(吕诚德 编译)

(李朝晖 辑)

咬自己的眼

两个人在酒吧喝酒。甲对乙说:"咱们打 100 元的赌,我能够用牙齿咬自己的左眼。"

乙:"好吧! 这不可能。"甲将自己左眼窝中的玻璃假眼挖出后放进嘴里咬一下。

甲又说:"现在我给你赢回 100 元的机会,咱们再打一次赌,我还能咬自己的右眼。"

乙看着对方想,总不会两个都是假眼! 他狠了狠心,又把 100 元放到桌上。

甲取下假牙咬自己的右眼。

不再涉足

一个酒徒脚朝天手撑地,"走"进了酒吧间,大声嚷道:"伙计,给我来一杯上等白兰地!"

掌柜的十分惊奇,问道:"你何苦这样走路呢?"

酒徒答:"我太太昨晚逼我发过誓:今后决不再涉足酒吧。我要信守诺言。"

(钟银法 编译)

醉汉开车

一醉汉开车,被警察拦截下来。正要罚他款时,旁边恰好发生了车祸,醉汉乘警察离开之际,赶快跳上车猛开回家。第二天警察找上门来了,醉汉以为要交罚款,警察说:"我们是来要回警车的。"

(剑 光 编译)

酒鬼

一辆出租车,拉着一个酒鬼,酒鬼坐在后面问司机:"请问,前面的座位可以放东西吗?"

司机:"您想放什么?"

酒鬼:"我想放3斤牛肉,2斤猪排,6瓶啤酒,1瓶白酒,还有一些菜。"

司机:"请放吧。"

酒鬼嘴一张,"哇"的一声,一肚子脏物全倒在前面的座位上。

(林 森)

酒鬼的话

一个酒鬼被汽车撞伤,在医院里醒来后,双眼直盯着床头上的盐水瓶。

妻子忙问:"你想吃点什么吗?"

他摇摇头,用手指指上面:"请你把酒瓶给换上去!"

(周静屏)

好酒

青工小王想调动工作,便请厂长去喝酒。

酒过三巡之后,小王拿出申请报告和笔递给厂长。喝得醉醺醺的厂长接过笔,在申请报告上重重地签上了两个字——好酒。

(佚 名)

醉酒

一顾客在一家酒店里喝酒。

忽然,他大叫起来:"侍者,快把那些讨厌的灯统统关掉!"

侍者听得莫名其妙,说:"先生,我们并没有开灯呀!"

"哼,没有开灯?!"那顾客摇晃着站起来,"那为什么我眼前老是金星乱冒?"　　(余　天)

裸汉

一天深夜,一个醉醺醺的、全身上下一丝不挂的彪形大汉走进酒吧,要了一杯威士忌。老板小心翼翼地把酒端过去,尽量不看他,以免惹麻烦,可实在忍不住好奇心,就偷偷打量了一眼。不料正巧被壮汉瞅见,他一拍桌子,大怒道:"我有什么好看的!"

"不,不,"老板哆嗦道,"我、我只是想知道你身上哪块地方能搁酒钱。"

(孙　斌)

酒后车祸

哈利总是喜欢开快车。有一次,他驾车急速转弯时,与另一辆车撞个正着。

哈利急忙跳下车,跑过去一看,被撞的车原来是一个老头开的。

那老头已吓得面如土色,但他一见哈利走过来,就怒吼道:"怎么搞的,你差点要了我的命!"

"老人家,实在对不起,不要紧吧?"哈利一脸歉意,边说边拿出一个瓶子递进他的驾驶室,"喝点吧,你会觉得好些的。"

老头接过瓶子,一口气喝了几口,又喘着粗气叫道:"你几乎要了我的老命!"

哈利唯唯诺诺,又劝老头喝了几口。

这次老头一扬脖子喝了个瓶底朝天,他抹抹嘴唇,转而笑着对哈利说:"谢谢。我现在觉得好多了。但你为什么不喝一点?"

"哦,我现在不想喝威士忌,我要在这里等警察来。"哈利答道。

(何懋学　编译)

酒 为 媒

彼得爱上了某酒店一女服务员,于是就请店经理喝酒并托他做媒。店经理答应后一言不发,只是一杯接一杯地喝酒。

彼得着急地问:"你怎么光喝酒,不去对她说呢?"

许久,店经理才打着酒嗝说:"酒不喝醉,我怎敢说?" 　(张明东)

一个醉汉走上楼来,楼上有几套住宅,他掏出钥匙打算开门。一个女人从屋里往外瞧了瞧,说道:"您不住在这儿!"

"对——不——起。"醉汉说。

门关上了。醉汉转了360度,又一次打算开这个门。

门又开了,仍然是那个女人,她又对他说了一遍:"我已经对您说过了,您不住在这儿!"

"对——不——起。"

门关了。醉汉又转了一圈,再次到了这个门口,他又打算开门。

门开了,仍然是那个女人。她大声喊道:"我已经对您说过了,您不住在这儿!"

"这是怎么搞的?"醉汉感到奇怪,"哪儿都有你,而我却没有个地方。"

(古本昆　编译)

啤酒和书

三名小青年走进一家餐厅,要了3杯啤酒。女服务员要看他们的证件,其中两个很爽快地掏了出来,第三个还未到法定喝酒年龄,便在口袋里佯装摸来摸去,最后问借书证行不行。女服务员笑了一笑,朝酒吧柜台内喊道:"来两杯啤酒,一本书。"

(陈正康　编译)

醉汉回家

(插图:阿　宝)

被解雇的球员

两个陌生人在酒吧间里相遇，在同一张酒桌上喝酒。

甲：朋友，你有什么心事吗？别那么愁眉苦脸的。

乙：唉！我们坐在一起也是有缘，我就告诉你吧，我是一名足球运动员，可就在刚才，我被老板解雇了。

甲：噢，可怜的人。你的老板为什么要解雇你呢？

乙：因为我是本赛季进球最多的队员。

甲：什么？你的老板疯了吗？他怎么对你说的？

乙：他说我已不适合做一名守门员了。　（白大勇）

还　　钱

有两个朋友都喝醉了。其中一个口齿不清地说道："现……现在我……我看所有的东西都是双……双层的……"另一个急忙掏出一张一元的钞票说："这是我还你的两元钱！"

（马耀凯　辑录）

醉不了

一醉汉酒后打人，被衙役带到公堂。县太爷升堂后，一拍惊堂木喝道："你可知罪？"那醉汉微睁醉眼，答道："醉？我没醉，再喝半……半斤我也醉不了。"（张龙）

酒　　鬼

酒鬼：医生，我没钱买酒了，帮帮忙，给我开点药酒吧。

医生：药酒没有，只有别的酒。

酒鬼：行，我反正什么酒都能喝。

医生：碘酒怎么样？

酒鬼：……

（黄宪高）

买乐器

一醉鬼摇摇晃晃地走进乐器商店，对售货员说："我要这把红色的小号和那架白色的手风琴。"售货员忍住笑，说："对不起，先生，您大概看错了，这不过是一个灭火器，而那个白色的，则是我们店里的暖气片儿。"

（小　邢）

一场虚惊

查理因为观看英国队和法国队的足球比赛，所以下午没去上班。第二天，查理刚来到公司，同事就告诉他经理大发雷霆。查理一听，顿时吓得面如土色。

他战战兢兢地走进办公室，只见经理一下子从安乐椅内弹了出来："混蛋，到这时才来！快告诉我，球赛谁赢了？！"

（杨 光 编译）

要说什么

汤姆先生正跟着广播里的音乐和口令做健身操，女儿走过来要和他说话，他很不高兴被人打扰，就大声说："没看见我在运动吗？有什么话过会儿再说。"

又做了几节操，汤姆先生感觉有些过意不去，于是走过去问女儿刚才要说什么，女儿说："我想告诉您，您正在听的是孕妇保健操的音乐。"

（常自力 编译）

原来如此

一足球队教练在中场休息时气愤地质问守门员："你的眼瞎啦，为什么放着球不去扑，却朝人扑？"

守门员委屈地说："那家伙挂着个胸像，我看那上面的照片很像是我的未婚妻。"

（常自力 编译）

误 会

吉米是主力前锋，可他却把几个必进的球给踢飞了，恼火的教练将他换下场。正当吉米懊丧地走下场时，他听见观众席上许多球迷喊道："我们要吉米！""让吉米继续踢！"……吉米感动得眼泪都快流下来了，他对教练恳求道："让我上场吧，那些球迷对我太热情了，我没有理由不进球！"教练摇摇头，冷静地说："你误会了，吉米，他们是对方的啦啦队。"

（陈 锋）

在地上。"

点球

早晨起来,弟弟问哥哥:"昨夜,你为什么摸一下我的脑袋,还狠狠踢我一脚,可痛死我了!"哥哥惊叫道:"糟糕!昨夜我梦见中国队进入十四届世界杯决赛,发了一个决定性的点球。球进了,我太高兴了!"弟弟:"太可怕了。今夜不会再有点球了吧?"哥哥:"很难说。"弟弟:"啊……妈呀!"

（谭 军）

希望

足球比赛马上就要开始。某报记者来到一位正在做赛前准备活动的队员面前,请他向热心的球迷们说说对这场球赛有什么希望。

这位队员想了想,说道:"当我带着球顺利地越过对方的防守队员,冲到球门区准备射门的时候,我希望对方的守门员突然抽筋倒

（孙忠礼）

（插图:麦荣邦）

游泳者

老师讲了一个人在早饭前三次横渡大河的故事。约翰尼听了笑了起来。老师生气地问:"你难道不相信一位优秀运动员能做到吗?""当然,先生。因为我奇怪他为什么不游第四次回

到放衣服的那边去。"

（葛勇新 编译）

球　迷

一英国球迷在家看世界杯足球赛电视转播,比赛快结束了,英国队还输一分,他焦虑万分,连老婆喊他半天都没听见。他老婆一时火起,拿起锅盖朝他头上砸去。恰巧这时,英国队头球破门,他摸着头上鼓起的大包高兴地大叫:"太棒了,这一头球真是又准又狠,我在这都感觉到了。"

（倪明 辑）

蚂蚁药死了

小张上餐馆点了道"蚂蚁上树"。菜上来之后,盘子里全是粉丝,不见肉末。他对服务员说:"这菜一定是下了农药。"服务员连忙说:"同志,您别说笑话,我们的'蚂蚁上树'是用肉末与粉丝做的,哪来农药?"小张说:"没有农药,怎么树上找不到蚂蚁?"　（黄 励）

快乐的啰唆

留学生食堂里,一位金发碧眼的女学生正在买饭,她一时忘了汉语的"饭"字该怎么说,便笑着朝炊事员指指划划:"我买煮熟的米。"炊事员忍俊不禁,指着桌上的粥和米饭问:"小姐要煮熟的液体米,还是固体米?"

女学生买罢"固体米",又指着猪排骨结结巴巴地说:"买一块猪的……嗯……猪的尸体,不,不,是身体。"炊事员更乐了,对这位小姐来了句"洋话":"不,这是匹克(猪)的胸脯上的骨头。"

（黄 川 辑）

（插图:阿 宝）

脸就是面

一位顾客到面馆吃饭,老板正在看电视。老板听完一个歌手的演唱,咂咂嘴说:"唔,唱得不错,脸部表情也好!"顾客马上纠正道:"应该说'面部表情'。"老板不耐烦了,说:"脸就是面,面也是脸。""那么,老板,给我来碗肉丝脸!"

（何秀斌）

虾

"好吧!"演员说道,"那请您把这只没用的家伙带走,把那个胜利者带来。"　（黎　奇）

（插图:缪群飞）

有口难食

一对恋人坐上桌子,只见老头大吃特吃。

换桌布

"您……您能告诉我换一次桌布要多长时间吗?"

"谁知道……"老板奇怪地说。

"我……不过,说实在的,我很遗憾,我无法告诉你那个……"

『牙还给我,我们能吃到这儿!』

（梁铸基　编译）

有几个弟兄合资开了一家馒头店。开张不久,就有顾客前来询问:"你们卖的馒头为啥有大有小呢?"老大听了,忙解释说:"我们弟兄多,不是一个做的。"

龙虾

卖馒头

一个著名的演员在饭店点了一道龙虾。他以内行的眼光观察了一番盘子中这个红色的动物,眉头不由皱了起来,让人把首席厨师叫出来。

不一会儿,厨师就站在了他面前:"先生,您有什么吩咐?"

"您您说,亲爱的朋友,"演员说,"这只虾为什么只有一只钳子?另一把呢?"

首席厨师毫不犹豫地答:"一般来说龙虾有两把钳子。但是龙虾很好斗,它们互相斗时往往会弄断一把钳子。这只龙虾就是这样,本饭店对此没有责任。"

跟着苍蝇走

汤姆来到一家小餐厅吃饭。由于餐厅的卫生状况不好，汤姆刚吃完一半就想上厕所，但他不知道厕所在哪里。正好这时，餐厅男招待从他旁边走过，他低声问道："对不起，请问厕所在哪里?"男招待答道："跟着苍蝇走。"

（杜锦川 编写）

将计就计

一个女人在饭馆里严厉地责骂她的丈夫，最后，她尖声叫道："在世界上所有可耻的人中，你是最卑鄙的一个!"

这时，饭馆里所有的人都吃惊地看着他们。她丈夫觉察后，马上提高声音说："骂得太好了，亲爱的!你还对他讲了些什么?"

（大 奔 编译）

生财有道

有一对夫妻，在车站附近开了一家饭馆。

这天晚上，一位客人在店里喝醉了酒，到十二点多钟还伏在餐桌上酣睡。女店主忙碌了一天，浑身疲倦，想早点关门休息，便上前去推他。可推了几次，这人还是不动。

女店主便把刚睡下的丈夫喊起来："你已经弄醒他五次了，为什么还没把他送走?这么晚了，我也要休息了。"

"哦，不，不能把他送走。"男主人笑着说："你不知道，每次我弄醒他时，他就叫结账，我把账本递给他，他付了钱又睡过去了。"

（插图:李 加）

（邵 亚 编译）

意想不到

有一无赖到店里吃完饭,老板要他付钱。无赖说:"我的钱你找不开,下次再付。"

老板说:"再大面额的钱我都找得开,如找不开就不要你的钱。"

无赖听老板这么一说,便从衣袋里掏出一枚 1 分钱的硬币交给老板。

（张启保）

（插图:李　加）

找 厕 所

有一盲人在街上走,忽然想要上厕所,便边走边闻着摸到一家饭店的门口。

这家饭店卫生搞得很差,女服务员见好不容易来了位顾客,赶紧迎上前去:"同志,您来点什么?"

这盲人忙说:"啊,不麻烦您啦,我只是小便。"

服务员一听,立刻火往上冲:"滚,你这个流氓,快滚开!"

盲人拄着拐杖悻悻地离开了,嘴里还咕哝着:"原来这里是女厕所。"

（吴玉婷）

菜 盆

一个客人在一家小饭店里进餐,一只小狗对着他不停地狂吠,客人道:"这是怎么回事?我又没惹着它。"

老板娘忙过来打招呼说:"对不起,它在对你生气呢,因为厨房里盆子不够了,你用的菜盘是它的。"

（倪玉娟）

一位胖太太走进餐馆,服务员请她坐下,并问:您要点什么?

胖太太:我想吃点鲜嫩可口的东西。

服务员:口条怎么样?都是刚从小猪嘴巴里取出来的。

胖太太:不要。我决不吃畜生嘴巴里的脏东西。

服务员:那您说吧,吃什么?

胖太太:来两个鸡蛋吧,不过一定要今天刚下的!

嫌脏

(任昌雄 辑)

(插图:毛用坤)

要是闰月就好了

某国营饭馆挂出了"优良服务月"的横幅,阿凡提进去一看,果然桌椅干净,服务热情。转眼一个月过去了,阿凡提又来了,但见桌上杯盘狼藉,地上垃圾成堆,阿凡提连喊两声"服务员"也无人答理。阿凡提不禁自言自语道:"唉,这个月要是闰月就好了!"

(陈欣明)

打埋伏

一个穿着时髦的大学生走进一家昂贵的法国餐厅,将一张十美元钞票塞给侍者头头。"您要预订哪一张台子?"满脸笑容的侍者问道。

"一张也不要。"大学生答道,"但是今晚我带着女朋友来这里时,我要你告诉我们,所有的台子都已订完了。"

(施祥云 编译)

宁波特产

一天,卫生防疫站食品卫生检查团来到一家个体餐厅,发现厨房里的冬瓜都变了质,臭气熏天。

检查员:《食品卫生法》颁布已有这么多年了,你们竟然还在出售这种变质发臭的冬瓜,坑害消费者。

老板:你这算什么话。我说同志啊,

你实在是不识货,我们这是在特制宁波特产"臭冬瓜"。

（吴国庆）

拍 马 屁

一对夫妇在舞厅里看人跳舞。丈夫感慨地说:"这个世界也真怪,那个丑八怪似的蠢汉子偏偏有个漂亮的老婆。"妻子笑了笑,说道:"亲爱的,你真会拍我马屁。"

（吕诚德　编译）

舞曲怎么短了

一位年轻人和一位姑娘在跳舞。

他对姑娘说:"今天的舞曲怎么比平时要短两倍?"

"这没有什么可奇怪的,"姑娘说,"指挥乐队的人正是我的未婚夫。"　　（杨生峰）

使 绝 招

甲:我太太老爱自己悄悄上舞厅,这可怎么办?

乙:给她使绝招!

甲:使何绝招?

乙:让她多吃生蒜头!

（徐海林）

意 外

某歌舞女明星雇了个漆匠,为她油漆新居。她的观众极多,能欣赏到她的演出很不容易。她特地给了漆匠两张最好座位的票子,指望他干得更出色。漆匠一言不发地收下票子。月底,女明星收到了漆匠的账单,最后一笔是:"观看赫尔小姐歌舞表演,4 小时,3 英镑。"边上附着说明:"下午 5 点以后,工钱从每小时 10 先令改为 15 先令。"

（常　达　编译）

（插图:李　加）

找"哭墙"

有个旅游者周游世界,来到某一个国家,听说当地有一堵"哭墙",是专供老百姓举哀悼念的地方,便想去看一看。可他不知道那堵墙确切的名字到底叫什么,于是就对出租车司机说:"请把我带到你们这里的老百姓哭泣、叫喊并把头往墙上撞的地方。"

司机把他带到了一幢高楼前,那个旅游者抬头一看,那是税务局……

(插图:李 加)

多余的好心

一个好心肠的护士第一天上班,碰上一个来伦敦旅游的重病人,她问躺在床上输氧的病人需要些什么服务,那病人说了几句话,护士听不懂,但仍微笑着问病人,病人又说了同样的话,不过声音越来越微弱了。

不一会,病人死了,护士很伤心,她找来主治医生,向他复述了病人临终时说的那些话。

主治医生听完,不由惊讶地叫起来:"他是说,你踩住了他的输氧管……"

(刘 金 辑)

礼 品

一位游客对女向导说:"我想送你一件礼品,你喜欢什么?"女向导顿起贪心,又不便明言,便吞吞吐吐地说:"我爱打扮,嗯……给我一些耳朵、手指或脖子上用得上的东西吧!"游客从包里掏出礼品——一块香皂。

(王 毅)

赶火车

旅行者:我能赶上三点钟那班火车吗?

售票员:那要看你能跑多快。火车 15 分钟前开走了。

（陈安武）

硬　座

乘务员:同志,请您把车票拿出来检查一下。

旅客:没有票。

乘务员:没有票怎么能乘车?

旅客:(发怒地指着座位)这不是写着"硬座"吗?我今天就硬坐在这儿了,看你把我怎么样? （海　泉）

五步蛇

父子俩去郊游。父亲对儿子说:"要小心啊,此处有种蛇叫「五步蛇」,被它咬伤,走五步就死。"

"没关系,万一被五步蛇咬了,我只走四步就不再走了。"

"好!聪明的孩子。不过你那样做太危险,离死只差一步了。"

"那怎么办呢?"

"一步也不要走才最保险。"

（刘光义）

惊人之举

一位不懂法语的游客到法国去度假。一日,她走进一家饭馆,侍者立刻递上菜单,她不好意思说自己不懂法语,只好胡乱地指着上面的一行说:"就来这个吧,我想它的味道一定好极了。"

侍者非常吃惊,说:"这是我们的老板。"

（晓　晓）

(插图:阿　宝)

母子候车室

一位五十来岁的男旅客扶着一位白发苍苍的老太太要进"母子候车室"，车站服务员拦住他们说："对不起，这是母子候车室。"男旅客指着老太太，一本正经地说："是呀，她是我母亲。"

（屈　明）

窃听器

一对度蜜月的新婚夫妇住进了华盛顿某旅馆。晚上，新郎正想关灯睡觉，新娘问："我们的房间是否会装有窃听器呢？"

新郎安慰说："那是很久以前的事了，亲爱的。"新娘仍不放心："如果真有微型窃听器，会令我们很尴尬的。"于是，新郎便搜寻起来。他翻遍了所有的地方，最后，果然在地毯下发现了一个奇怪的闪光的玩意儿嵌在地板上，他用扳手将这东西取了出来。

第二天早上，服务员唤醒了新婚夫妇，询问睡得可好。新娘说："我们睡得很好。但是我不明白你为何这样问？"服务员回答："昨晚发生了一件罕见的事。在你们房间下面住的一对夫妇，被一盏坠落的枝型吊灯砸伤了。"

（苏　宁　编译）

好奇生祸

李四是个近视眼，一天他借朋友的摩托车去兜风，忽然看到前面驶着的一辆面包车，后窗上印着几个字。李四好奇，想看个明白，但看不清，于是他猛地一踩油门，追了上去。冷不防，面包车一个急刹车，李四的摩托车撞了上去。撞车的一瞬间，李四终于看清了那几个字：注意距离！　（罗成碧）

（插图：李　加）

不分伯仲

（插图：毛小榆）

某游客来到一小镇，看到镇上只有两家饭店，不知进哪家吃饭好，于是请教一个当地人："请问，这两家饭店，你认为哪家比较好呢？"

"没有区别，"当地人说，"当你跨进一家，就会后悔没有进另一家。"

（梁炽基　编译）

怎能不哭

一天，动物园的一只大象突然死去，饲养员伏在大象身上痛哭起来。游客们见此情景，不由深受感动，纷纷说："这位饲养员和这只大象的感情真是太深了。"不料有一人插话道："这个动物园有个规定，如果谁饲养的动物死了，那么那个动物的墓穴就得由那个饲养员去挖。他怎能不哭呢？"

（王庆丰）

猜谜

纽约一家旅馆的服务员和一位客人在猜谜语。服务员说："我母亲和我父亲有个孩子，这孩子既不是我兄弟，也不是我姐妹，你猜是谁？"

客人想了一会，摇头说："不知道。"

"是我呀！"服务员回答。

客人回去后，决定把这个谜语说给他朋友猜。"我母亲和我父亲有个孩子，这孩子既不是我兄弟，也不是我姐妹，你猜是谁？"

朋友想了半天，也摇头说："不知道，那是谁？"

"纽约一家旅馆的服务员！"客人得意地说出了谜底。

（胡晓琼）

不信路标

一位游客看见一块路标上写着："此路不通。请往别的路走。"

他朝前看,根本没发现什么东西挡路,于是继续往前走。

没多久,他被前面一座断桥拦住了,被迫往回走,看见路标背面写着："傻瓜,欢迎你回来!"

（秦日辉）

（插图:高建平）

慢一点好

一次,卡尔和乌勒一同骑车出去玩。

突然,卡尔惊叫起来："哎呀!已经8点钟了!我们得赶快回家了。"

"不,慢一点,"乌勒说,"如果现在回家的话,一定会遭到大人们的痛骂,说我们回去太迟了;而如果等到十点才回家的话,他们则会拥抱我们,为我们终于安全到家而高兴。"

（于海平）

女房东与住客

海滨有一家客栈,女房东喜欢安静,她对来住店的旅客说:"你们带收音机吗?"

旅客回答:"没有。"

"孩子喜欢吵闹吗?"

"不吵,他们挺乖的。"

"那么,你们带的狗会叫吗?"

"不会,"男旅客说道,"但我身上还有一支钢笔,写起字来要沙沙作响。"

（陈正康）

绝妙的回答

一个英国导游陪同一位外国游客在伦敦游览。"这是什么建筑?"游客问。"这就是著名的伦敦塔。"导游回答。"噢,你们国家建造它共花了多长时间?""大约500年。""在我们国家只要5个月就足够了。"游客不以为然地说。不久,他们来到圣保罗教堂参观。"太妙了!"游客惊喜地说,"建这座教堂你们花了多少年?""大约40年吧。"导游回答。"在我国只要40天就行了。"游客轻蔑地说。

就这样,他们在一天中参观了伦敦许多著名的建筑,然而每到一个地方,外国游客总要讲那么几句话。英国导游非常生气,但又不便发作。当第二天来到议会大厦参观时,游客又问:"这是什么地方?"导游耸了耸肩,露出无可奈何的神色,回答道:"我也不知道,昨天晚上我还没见到这幢建筑呢!"

（施风雷　编译）

自寻烦恼

（插图:张　恢）

星期天,小由美子跟爸爸去动物园看狮子。他们来到狮子馆,小由美子高兴得不住地问这问那。

看了一会,小由美子突然显得不安起来。爸爸问她有什么不顺心的事,小由美子颤抖着声音答道:"爸爸,我有点害怕,如果这头狮子挣脱出笼,把你吃掉的话,那我该乘几路电车回家呢?"

"这……"

（顾　睿　编译）

打　听

刚下火车的旅客向路边一鞋匠打听道:"老师傅,请问男厕所在哪儿?"

鞋匠:"女厕所隔壁就是。"

（杨晓军）

度　假

"您打算到哪里去度假?"

"如果谢伊托夫还我钱,就全家到海滨去。"

"要是不还呢?"

"那么全家到谢伊托夫家里去!"

（忻俭忠　编译）

（插图:李　加）

哪有时间观光

理查兹先生和太太做生意发了财,决定到罗马旅行,到第一流的大旅馆享福,然后到各处观光观光。

他俩乘飞机到了罗马,很晚才住进旅馆,他俩猜想准得饿着肚子睡觉了,因为过去他俩常住的那种客栈,一过晚上7点就不供应吃的。可是当一走进那家大旅馆,侍者就问他俩吃不吃晚饭。理查兹太太惊讶地问道:"你们这么迟了还供应晚饭?"

"是的,太太,当然供应。"侍者答道,"我们这儿上午7时到11时半供应早餐,12时到下午3时供应午餐,4时到5时供应茶点,晚上6时到9时半供应晚餐。"

理查兹太太一听,沮丧地叫道:"上帝呀,这么从早吃到晚,我们哪有时间去欣赏罗马美丽的风光呢?"

（黄后楼　编译）

杰克外出旅游,住进一家最豪华的宾馆。早餐时,他想炫耀一下自己的富有,故意扯着嗓门叫道:"喂,来一份十英镑的早餐!"

人们都扭头用异样的目光看着他,这使他感到有点意外。这时,一位女招待来到他身边,彬彬有礼地说:"对不起,先生,这里不卖半份。"

（余善华　编译）

不卖半份

长颈鹿

布朗头一次来到动物园,当她看到长颈鹿以后,叹口气说:"我要长这么长的脖子多好啊,考试时谁也不会发现我在偷看别人的考卷了。"

（刘　结　编译）

成名成家

——要成名成家也很难,少不了艰苦奋斗和刻苦学习呀!

——不见得,我经常游山玩水,不就成了旅行家吗?

（吴朝国）

险情尚未排除

一艘游轮靠上了码头。

不巧这天的潮汛特别大,游客上岸只能沿着那架狭窄而陡峭的梯板拾级而下。于是全体服务员就站立在梯板脚两旁,注视着游客们小心翼翼地挨个儿走下来。

这时,一位年约70来岁的老太太出现在梯板的顶端,服务员们一看,顿时紧张起来,有的甚至想走上去扶她一把。

老太太看着陡峭的梯子,摇摇头,然后双手扶着梯板的两舷,一步一步往下走,走了好一会才走完这段艰难路程。

等她走到下面,那些一直紧绷着心的服务员们才宽慰地舒了一口气。

不料这老太太到了下面,立即转过身去,仰起头来,微笑着,朝着游轮的出口处大声喊道:"这梯板并不难走,妈妈!现在你可以下来了!"

（郑天雷　编译）

杀 鸡

小王天生五音不全。却喜欢唱歌。

一天,他在后院练声,碰上一个高音,便奋力想唱上去。这时他爷爷在前院说:"岁数大了,眼神儿不好,光听见乌鸦叫,硬是瞅不见。"

他母亲说:"爸,你弄错了,那哪儿是乌鸦叫呢!今儿隔壁来了客人,估计在杀鸡吧!"

小王一听,急忙叫起来:"妈,是我在这儿唱歌呢!"说完,又接着唱。

爷爷听了,恍然大悟地说:"哦,客人真多,难怪一会儿杀一只鸡,一会儿又杀一只鸡。"

(任豪杰)

脱帽致敬

有一位作曲家,谱了一首新曲,特地演奏给意大利的歌剧作曲家洛西尼听,请他提提意见。洛西尼一面听着演奏,一面把戴在头上的帽子,不断地脱下又戴上。这位作曲家感到奇怪,便问道:"是否天气太热了?"

洛西尼回答说:"不是,我有个习惯,凡遇到老朋友,我都要脱帽招呼。在你的作品中,碰到那么多的老朋友,我怎不向他们脱帽致敬呢!"

(吕觉先)

两个音乐家

两个美国音乐家在进行一次友好谈话。

一个说:"我的第一次演出非常成功,我收到的花足以让我妻子开一家花店。"

"算了,"另一个说,"在我第一次演出时,观众那么喜欢我,竟赏了我一幢房子。"

第一个音乐家说:"我不信他们会赏给你一幢房子。"

"他们赏了,当然一人赏一块砖。"

(曹 详)

吹笛大王

小波常吹笛子,可又不认真学。有一天,他带着朋友到村外玩,一高兴,拿出笛子,吹起了《十五的月亮》。吹了不一会儿,就见村里跑出一群孩子。小波得意地对朋友吹嘘道:"你看,我的笛子吹得多棒,把孩子们都吸引过来了。"这时,孩子们跑近了,他们一个个手里都拿着废铜烂铁,见是小波,都扫兴地说:"哎呀,原来不是换糖的!"　　　　（吴陆玖）

妙口生花

（插图:佐　夫）

在一个大型联欢晚会上,主持人袅袅婷婷地出场了,不料由于舞台地板太滑,猛地摔了一跤。她爬起来后尴尬地望着观众席,突然灵机一动,说:"观众朋友们,我是为你们而倾倒的。"

（陆　生　沈克来　编写）

"文革"中,某剧团上演京剧《智取威虎山》。当演到杨子荣"打虎上山"一场,座山雕一枪打去,本应打灭一盏油灯,但后台的老灯光师多喝了二两酒,一下拉错了开关,熄灭了两盏油灯。此时,"众土匪"一阵喝彩:"好枪法!"这时台上只剩一盏油灯,如果杨子荣打灭一盏,显然会贬低英雄形象,破坏样板戏,老灯光师可担当不起罪名。因此他酒也吓醒了,急中生智,待杨子荣一枪打去,把总电闸一拉,台上台下一片漆黑,"众土匪"又一阵喝彩:"好枪法!乖乖,连保险丝都被打断了!"（黄志军）

好枪法

笑都来不及

舞台上正在演话剧《昭君出塞》,台下,两位打扮时髦的摩登女郎高声地议论着。甲说:"昭君真傻,到外国去做华侨还哭!"乙说:"叫我呀,笑都来不及呢!"

(徐正峰)

无端的责怪

合唱团在排练。

指挥突然停下说:"我必须告诉你们,8年前我在此训练另一个合唱团时,他们出了和你们一样的差错。"

一个声音从后排传来:"因为是同一个指挥嘛!"

(罗明辉 编译)

错过8个交响乐

某君去听音乐会,迟到了,急问邻座者:"现在台上在演奏什么曲子?"答曰:"贝多芬第九交响乐。"某君惋惜不已,叹道:"唉!千不该万不该来晚了,白白错过了8个交响乐!"

(孙建勇)

调 皮 鬼

有一次在演出时,调皮鬼扮演一个给皇帝出主意的大臣,说:"皇上你附耳过来,臣有一个好主意。"

扮皇帝的演员把耳朵伸了过去,调皮鬼小声说:"今天晚上烧你家的房子,砸你家的锅。"

扮皇帝的演员有苦难言,又不好发作,只好接着往下说台词:"好,就按爱卿说的去办。"

调皮鬼马上接着说:"臣遵旨。" (周 剑)

(插图:李 加)

一位演员做梦都想得到观众的赞赏，可是这样的机会从来没有过。一次，在乡下露天场地演完戏后，忽然有一青年跑到

救　命

后台，激动地对她说："太谢谢你的演出了。"演员受宠若惊。"是这么回事。"青年接着说，"戏开始后，后面的人挤命向前挤，我父亲眼看要被挤伤，这时，你出场了。"演员心里热乎乎的。青年又说："你一出场，原来拥挤的人一轰而散，老人家这才从地上爬起来，是你救了他的命。"

（李　淳）

剧场效果

演员："今天的剧场效果出人意外，我谢幕三次，观众还是掌声如雷……"

导演："那是自然的。因为您把假鼻子弄歪了。"

（王　键）

鼓　掌

甲乙两人正在欣赏节目。

一个节目结束后，甲热烈鼓掌。

乙不解地问："这个节目并不精彩，你鼓什么掌啊？"

"是啊！这个节目总算熬过来了。"　（施单丝）

拒绝拍摄

电影导演准备拍摄一个人与老虎在一起嬉戏的镜头，可是演员却坚决拒绝拍摄。

"别害怕，"导演对演员说，"参加拍戏的这头老虎是在动物园里出生的，它是叼着橡皮奶头喝牛奶长大的。"

"那能说明什么？"演员说，"我是在妇产医院里出生的，我也是叼着橡皮奶头喝牛奶长大的，可我照样爱吃肉。"（吕尔勤　编译）

五 行 八 业

三百六十行，行行出笑话。三句笑话不离本行。

讨欢心

有位老汉年过半百,重男轻女的思想仍在他脑子里作怪,他唯一的儿媳生了个女孩儿,使他心情很不愉快。

过了几年,一天,他半年前买的山羊下崽儿,共两只,可全是公的,老汉气坏了,跺着脚骂:"我正想发展一大群羊呢,可你这不争气的东西……"小孙女儿听到骂声跑来,一看,忽然领悟到什么,叫道:"我知道怎么回事啦,它在讨您的欢心哪!"

(王应坤)

宰相和农夫

有个年迈退休的宰相,回乡遇见童年时代一起玩耍过的农夫。宰相对农夫说:"啊!你我都衰老了,但我俩有个共同点和不同点。"农夫说:"这是啥意思?"宰相说:"共同点就是我们都成了驼背老人;不同点就是,你生活在田野,我生活在朝廷。"农夫听了微微一笑,说:"我俩还有一个不同点。"宰相说:"此话怎讲?"农夫说:"我驼背是因长年累月地劳作之故;而你驼背是因为长年在皇帝面前俯首弯腰所致……" (傅洪顺)

不 要 了

一位农民正要走进一个公共厕所,看门人说:"同志,给一毛钱。"农民大方地说:"不要了,做点贡献是应该的。"

(张文杰)

申辩

一个卖完柴的老农扛着扁担进了一家商店,刚推开门,恰巧店堂里的挂钟打10点半的钟点,"当"的一声响,把老农吓得一个哆嗦,他赶紧向售货员解释说:"不是我打的,这不是我打的。"

(李继芳)

胆小的农场主

一个巴西农场主在一座城市附近买下了一块地后,马上开着拖拉机去翻土。犁铧从地里翻出了一颗门牙。

"倒霉!"他嘟哝了一句,继续往前耕。

100米后他又挖出了一颗牙齿。

"简直莫名其妙,"农场主自言自语,还是往前耕去。大约30步后,犁头又从土里翻出一颗牙齿。

"这事肯定不对劲!"这回他叫了起来,掉转拖拉机就开回家去。

当天晚上,他就给这块地的原主人写了一封信:"我买下的地以前是不是坟地?我要求您把钱还给我!我可不喜欢鬼魂出没的土地!"

两天后来了一份电报:"别生气!那里本来是个足球场。"

(黎 奇)

瞄 准

一个农村老头正在路上拾粪,忽然远处一辆自行车摇摇晃晃地冲过来,骑车人口中高声大喊:"别动、别动!"老头一阵心慌,拔脚想跑,可来不及了,只听"咚"地一声,自行车将老头撞倒在路旁沟中。老头这时恍然大悟,不由怒火万丈:"怪不得不让我动,原来你是在瞄准呀!"

(马明国)

真 懒

一位老太太去县剧院看某乐团演出,回来时别人向她打听演出情况。老太太摇摇头说:"嗨,其实没什么好看的,那些演员一个个懒得要命,一开始坐在台上不动,后来有一个人走上台,举起一根小棍子要打他们,他们这才吓得赶快吹的吹,拉的拉。可是,等那个人把棍子刚放下来,他们又马上不动了,真懒!"

(杨 晶)

红灯亮不碍事

有一老农进城卖瓜,走近路口,红灯亮了,仍挑担向前走。

交通民警走到他跟前,行了一个礼说:"老大爷,请留步,红灯亮了。"

老农抬头看看亮闪闪的红灯说:"灯在上边亮,我在下边走,不碍事。"

（陈正举）

更　愚　蠢

农夫到市场买农具。

货主:买辆自行车吧。自行车不吃什么,你可随便上哪,如果你买,只付90先令就可以了。

农夫:我宁可把钱存起来,买头牛。

货主:骑在牛背上来回走,显得傻气。

农夫:如果我挤自行车的奶,看上去我更愚蠢。　（雷长青）

你的父亲在哪里

老农夫看到一辆装满柴草的马车翻倒在大路上,一个小孩正愁眉苦脸地看着马车。

老农夫说:"你进来跟我们一起吃饭吧! 孩子,吃好饭,我们再一道帮你把马车翻过来。"

小孩说:"不行,我的父亲是不会同意那样做的。"

老农夫说:"傻孩子,你父亲咋知道? 他在哪里呢?"

小孩说:"在柴草下面。"

（方明佑　编译）

（插图:李　加）

一个乡下人第一次来到大城市,对高楼特别感兴趣。他仰着头认真地数着楼层。这时,一个臂戴红袖标的过来厉声问道:"干什么?""数数大楼有几层。"乡下人回答,"每数一层罚款5块,你数了多少层?"乡下人想了一会儿,回答:"20层。"

乡下人急忙如数交上罚款,转身就跑,当他跑出一段路后,回过头来高声喊道:"傻瓜,老子数了50层。" （杨金杰）

赚了

坐 车

某日,一个农夫忙完地里的活,用平板车拉着自己五岁的女儿回家。路上,父亲问女儿:"坐车好不好?"女儿回答说:"坐车真好,爸爸,你也上来吧。" （孔祥忠）

欠 债

"四害"横行时期,县委宣传部的小郑到乡下去采访搜集"形势大好"的典型事例。贫农郭大爷经过小郑的一番启发开导,慢吞吞地开了口:

"要说形势嘛,那当然好! 我一家四口,三个劳动力,干了一年,去年年底一结算,才知道原来欠的10屁股账已还了9屁股。"

"那……"小郑不解地问。

"还欠1屁股的账罗!"郭大爷气鼓鼓地说。

（王新亚）

是我老伴

张老汉骑自行车带着老伴进城看病,路过交通岗时被警察叫住:"大爷,骑车不能随便带人!"老汉睁大眼睛,不解地说:"我没随便带人呀,这是我老伴!"

（余桂东）

（插图:沈晓平）

赶早市

法官："你因为什么事被指控?"

囚犯："我只是到商店里去早了一点。"

"可那并没有过错呀?"法官疑惑不解,"你到底什么时候去的?"

囚犯干脆地回答:"在商店开门前。"

（张建良　编译）

关键人物

一天,广场上要绞死一名罪犯,好多人拥去围观。由于人太多,囚车过不去,离开绞架还有一大截路。这时囚车里的罪犯突然朝人群大叫起来:"女士们,先生们! 用不着这么挤来挤去的! 我不到那儿,你们可什么也瞧不见!"

（陆　沁）

冤　枉

法官:"当时你是不是手持一把锋利的刀子?"

汤姆:"是的,可是……"

法官:"不要'可是',你只要回答'是'或'不是'。你是不是把刀架在杰克的脖子上?"

汤姆:"是的。"

法官:"你还喝令他不许动?"

汤姆:"是的。"

法官:"好,你被判非法使用暴力,罪名成立!"

汤姆:"冤枉啊! 我是一名理发师,当时正在给杰克刮胡子!"

（王　宁）

答非所问

法官:"你在偷东西的时候,一点也不惭愧? 不为自己想一想? 别人可以不想,难道你也不想一想你的家? 你的妻子和女儿?"

小偷:"我能不想吗,法官先生。可是,遗憾得很,我去的那家服装店只卖男人衣服!"

(赵卓龙)

死刑犯的要求

一个死刑犯在临处决前——

法官:你还有什么要求?

死刑犯:我要求加入人身死亡保险。

法官:……

(王治南)

法　　盲

有个人犯了重婚罪,法官问他:"你知道犯了重婚罪后,会有什么样的结果?"犯人惊慌地说:"我知道,犯了重婚罪后,就得侍候2个丈母娘。"

(魏德军　辑)

会点英语

从前在英国,有一个外国人因为抢钱被带到法庭上。法官问他是否会讲英语,答曰:"会一点。"

"你会用英语说些什么呢?"

"把你的钱统统交出来!"

(万玉丹　编译)

驴与录音机

有两个小偷,偷了一头驴,到集上卖了,他们用卖驴的钱买了一台录音机,喜滋滋地回去了。可是他们左弄右弄,录音机就是没响声。一个小偷生气地说:"他妈的,白偷了头驴,买了录音机也不响。"另一个小偷说:"不响,那咱们就去商店换一台。"于是,他们提了录音机来到了商店。营业员听说新买的录音机不响,觉得奇怪,就用手往放声的键上一按,立刻放出了响亮的声音:"他妈的,白偷了头驴,买了录音机也不响。"两个小偷一听傻眼了,懊恼自己把录音键当作放声键按了,正想拔脚往外溜,被大家当场捉牢。

（毛　平）

（插图:李　加）

身价

小偷甲:快点走,这里可是世界重量级拳王的家!

小偷乙:不用慌,没有一百万美元的酬金,他是不会出手的。

（乔炜锋）

强盗与商贩

在一条偏僻的小道上,一个强盗手持手枪截住一个小商贩:"要活命还是出100块钱?"

小商贩:"50块钱行不行?我已经吓得半死了。"

（伞旭军）

苦　心

小偷看见他的同伙在阅读《时装》杂志,惊奇地问:"怎么,要做时装?"

"哪儿的话,我在研究今年的时装口袋缝在什么地方。"

（王银台）

最佳方法

在一所新兵训练所里,教官传授了一些空手夺枪的技巧,然后,他问这些士兵:"如果你们带着枪在河边值勤,看见有一队荷枪实弹的敌人朝你们扑来,那该怎么办呢?"

"把枪扔河里。"士兵们异口同声地答道。

（孙　斌　陈洁文　编译）

（插图:蒋　峻）

挑　　选

"谁喜欢音乐,向前三步走!"班长发出口令,6名士兵争先跑出队伍。

班长满意地看了看下属,然后说:"很好,现在请你们把这架钢琴搬到6楼去。"

（叶　金　辑）

又未打中

新兵皮特在实弹射击中打了9发子弹,结果一发也没打中。他的长官走过来训斥他说:"皮特,你是一点点希望也没有了,别浪费最后一发子弹了,还是到墙后把自己打死得了!"

皮特丧气地向墙后走去。过了一会,传来一声枪响,长官大吃一惊:"天啊!这个蠢家伙真把自己打死了。"他拔腿跑到墙后,只见皮特倒在地上。

"对不起,长官,"皮特说,"我又没打中。"

（刘西昌　辑）

（插图：佐　夫）

密码电报

"团长,这是将军发给您个人的一封电报。"一个士兵前来报告。

"你念吧!"团长命令道。

通讯员念道:"我们这次失利首先应归罪于你的愚蠢与无能……"

"这是一份密码电报,立即去把它译出来!"团长严肃地指示道。

（崔家鲲）

逃就是追

军官责问士兵:"你们见了敌人怎么就往回跑? 说不出理由,我枪毙你们。"

士兵们回答:"因为你知道地球是圆的,所以我们想跑到敌人后面去打击他们。"

（陈　东）

刷 锅 水

苏亚雷斯将军非常关心战士的生活。一天他跑到厨房,想亲自尝一下战士吃的饭菜。

他走到汤锅前说:"给我一勺。"

一个士官小心翼翼地说:"但是,将军……"

"闭嘴。"他打断了那个士官,抄起勺子,一连喝了好几勺。最后他叫道:"这哪是什么汤,简直是刷锅水!"大家都愣在那,不知所措。最后那个士官嗫嚅着说:"对,将军,这就是刷锅水。"

（邱　辉　编译）

歪门正道

牧师死后来到天堂,发现自己在天堂的地位还不如纽约的一个出租汽车司机,于是他向上帝诉苦说:"我真不明白,我一生度人无数,死后怎么还不如一个汽车司机呢?"上帝给他解释:"我的规矩是看结果,你好好想想,你在布道时有人打瞌睡吗?"牧师点点头。"可是坐这位司机车子的人不但一直清醒得很,而且还一直不停地祈祷,求我庇护他们哩!"

（庄 子 编译）

我不愿见上帝

教士约翰在街上碰到他的朋友,大吃一惊:"您怎么弄得这般蓬首垢面?"朋友一听,高兴极了:"您不是说过,'上帝喜欢整洁的人'吗? 我这样做是为了让上帝不喜欢我。我不愿去见上帝!"

（丁凌波 编译）

弄巧成拙

牧师讲道,发现听众中有个人打呼噜,决定教训他一番。

"你们当中,谁愿意上天堂,请站起来。"牧师对大家说。

除那个睡着的人外,全都应声起立。

"很好,请各位坐下。"牧师说。

众人坐下后,牧师继续问:"谁愿意下地狱,请站起来。"

这时,那个睡觉的人被惊醒了,他茫茫然连忙站了起来。

众人顿时偷偷发笑。

"先生,"他睡眼惺忪,左顾右盼,然后问牧师,"干吗只有我和你站着?"

（梁炽基 编译）

（插图:佐 夫）

经 历

在巴黎街头,一辆行驶的汽车将一科西嘉人溅了满身泥,科西嘉人对着从车上下来的司机大喊大叫:"真不像话! 要是在我们科西嘉,遇到这种情况,司机会立刻从车上下来,向人家道歉,还要将他接到自己家里,为他洗干净衣服,请他喝香槟酒,并留他过夜。到第二天早晨,还要请他吃早饭,送给他钱,然后才送他上路。"

"这绝不可能!"司机说。

"这确有其事!"

"这是你的亲身经历?"

"这是我老婆亲身经历的。"

（尔 勤 编译）

不 要 钱

有一内地老乡到广州探亲,因东西带得多,他叫住了一辆出租车。司机是个只想赚外币的青年,他瞟了一眼土头土脑的老乡,说:"我这车不收人民币,你有……"话未说完,那老头已经乐得蹦了起来:"乘车不要钱? 那太好了,先载我逛逛广州城吧!"

（何志文）

大爷不好当

售票员:大爷,请你买票。

大爷:我既是你大爷,为何还叫我买票?

售票员:亲归亲,票还是要买的。

老大爷从兜里掏出一张10元人民币递了过去。

售票员:你既是我大爷,余钱就不找了!

大爷:那不行,我还指望它

走亲戚呢!

（徐建秋）

女郎与车夫

女郎："车夫,请送我到火车站。"

出租车司机："你怎么叫我车夫?"

女郎："那些赶马的叫马夫,你是开车的,不叫车夫叫什么?"

司机："照你那样说,我如果是记账的或打仗的,你不就叫我丈夫了吗?"

女郎一时语塞。

（何森林）

非常需要

汤姆到一家公共汽车公司找工作，他问公司经理：

"这里需要司机吗？"

"不需要。"

"需要修理工吗？"

"不需要。"

"需要售票员吗？"

"不需要。"

"唉，看来我只得重新乘车回去了。"汤姆沮丧地说。

"不……需要、需要！这里非常需要你乘车。"公司经理马上站起来热情地说。

（刘　云　编译）

装 炸 弹

安格斯退役后，见报上有一则某饮料瓶公司招用铲车司机的广告，便前去应聘。一位领班对他说："工作时要细心，千万不要弄破饮料瓶，这一点十分重要。""我在海军服过役，"安格斯说，"我开过叉车，那活可不许出半点差错。"领班问："你开叉车装卸什么？"

安格斯答道："炸弹。""好家伙！"领班叫道，"你被录用了！"

（顾　永　编译）

一切都是可能的

巴黎有个乞丐，走进一家小店铺，店主正在做收支平衡结算，他让乞丐等一会。乞丐等了很久，终于忍不住问道："我已经等了半个钟头了，我还要等多久？"

店主说："请再稍等片刻，马上就要结算完了，很可能咱俩要一道去乞讨。"

（孙尔业）

相 好 的

有位阔太太在公园的一张长椅上坐下，她四顾无人，就把双腿伸直放在椅上。突然，身边冒出一个乞丐，他盯着阔太太看了良久，才殷勤地邀请道："相好的，咱们一起去散步如何？"阔太太一听，满脸怒容地骂道："瞎了眼的，我可不是那种风骚下流的女人！"乞丐彬彬有礼地反问道："那你为什么坐在我的床上？"

（叶　金　辑）

乞丐的逻辑

　　雅典一位商人每个月都要到伊斯坦堡去一次,每次他都要给坐在火车站出口处的那个乞丐一些钱。可是这次当这乞丐一瘸一拐地向他走来时,他很惊讶。

　　"老朋友,"商人说,"这是怎么回事? 今天你瘸的是左腿,而一个月前是右腿。是不是我记错了?"

　　"安拉是伟大的,"乞丐用沙哑的嗓门说,"您没有记错,我的大施主! 是我自己在琢磨,我总不能老是只磨一只鞋子吧?"

　　　　　　　　(黎　奇)

发财之道

一天,一个流浪汉站在街道的拐角处,两只手里各拿着一顶帽子,等待施舍。这时一个过路人把一枚硬币扔进了一顶帽子中,对流浪汉说:"你的另一顶帽子用来干什么呀?"

"近来我的生意很不景气。"流浪汉说,"所以我决定开一个分公司。" (刘 庆)

(插图:李 加)

克制笑

玛尔太太施舍给乞丐一顿饭,乞丐很高兴,可只笑了两声,就突然捂住嘴,硬克制住了。

玛尔太太很奇怪,问他为啥这样。

乞丐回答说:"哦,太太,您不太知道,那是要开胃的,那样我将更饿。" (张 艳)

瞎还是不瞎

每天傍晚,布莱克先生都会在回家路上见到一个乞丐:他衣衫褴褛,可怜兮兮地坐在路边,身边蹲着一条老狗,狗脖子上挂着一块木牌,上面写着:我是个瞎子!

布莱克先生是个心地善良的人,他每天都给那可怜人一些钱。

一天,布莱克先生因为有要务在身,没有停下来给那乞丐钱就走了。那人迅速站了起来,追着他喊:"今天您还没给我钱呢!"布莱克先生惊讶地问道:"你不是个瞎子吗,怎么可能看得见我?"乞丐说:"不,我不瞎,我那条老狗才是瞎子。"

(阿 夕 编译)

粗心的教授

粗心教授的一举一动常常使夫人哭笑不得。

一天,教授出门带了雨伞,回来时,手里却拿了一根手杖。

又一天,教授外出回来带回了雨伞,便对夫人讲:"瞧,亲爱的,今天我可拿对啦。"夫人说:"可是你今天出门时是带了手杖的!"

（吴　颖）

记　　性

大学里上经济课时,教授向学生提问:"债权人与债务人有什么区别?"

一个学生站起来回答:"债权人的记忆力好,债务人的记忆力差。"

（伊　明）

不可救药

威尔福德教授对学生伍斯特的拼写十分恼火,但他还是耐着性子开导说:"当你对一个生字的拼法感到吃不准时,应该马上查一查字典。"伍斯特说:"但是,先生,我从来没有感到吃不准过啊!"

（顾　睿　编译）

心不在焉

仆人:教授,门口有个收账的。我告诉他您不在家,可他不相信我。

教授:不相信?那我出去亲自告诉他。

（黄少芬　编译）

（插图:方　里）

让他混蛋一辈子

甲、乙两人为"诸葛亮和孔明是否同一个人"争得面红耳赤,各不相让,于是就去找教书先生评理,谁输了就给对方10元钱。

教书先生深知甲的为人,平时横行乡里,不学无术,难怪他会说出诸葛亮和孔明是两个人的笑话,可是教书先生却还要让乙付给甲10元钱。甲大摇大摆地走了,乙气愤地埋怨教书先生说:"你怎么可以乱评呢?"

教书先生笑着对乙说:"老弟,你别急,我不就是让你输给他10元钱吗?可是,我这样做,就可让他混蛋一辈子了。"

（樊启明）

替我拉下吊环

有个心不在焉的教授在非常拥挤的公共汽车上,他一只手拉住吊环,另一只手搂着一摞书,在车里晃来晃去,显得神色不安。

站在他旁边的一个乘客说:"先生,要我帮忙吗?"

教授说:"太感谢了!我估计上课要迟到了,您是否能替我拉一下吊环,我可以看看表?"

（晓 伟 编译）

势　利

冬天,外星人在地球上捉了一个人,又捕了一只狼,分别放在两个笼子里。

外星人回到驻地,问他的老师:"教授,你说,这两个动物哪一个更高级?"

教授指了一下狼,说:"它更高级。"

外星人问:"为什么?"

教授很有把握地说:"因为它穿的是毛皮衣服,而另一个穿的却是破棉袄。"

（徐卫东　辑）

（吕尔勤 编译）

听从吩咐

一个小孩拿着瓶子在马路边站了许久,后来警察走过来问他:"小家伙,干吗在马路边站着?"

"妈叫我出来买酱油,"小孩哭丧着脸说,"她说要等汽车开过后才可以过马路,但是好多时间还不见一辆汽车开过……"

（梁炽基 编译）

警察与司机

交通警察站在一辆汽车旁,对司机说:

"这条街道上的车辆只能单向行驶,我要对你处以罚款。"

"那么,我现在就把车掉头。"

"这里禁止掉头。"

"那我就把车停在这里。"

"这里严禁停车。"

"那么,您出个价吧,如果不低,这辆车就归您了。"

迟　　早

　　一个青年骑着车子到岗亭时，突然红灯亮了，因车子刹车不灵，冲过警戒线。

　　民警威严地走上前来，掏出本子说："罚款2元。"

　　青年不情愿地掏出2元钱，塞到民警手中，嘴里嘟哝道："神气什么，你迟早要落到我的手中。"边说边推车便走。

　　"站住！"民警大喝一声，"你是哪个单位的？"

　　青年站住，掏出工作证，民警打开一看，工作单位栏中写着：火葬场。

　　　　　　　　　　（吉凤山）

　　　　　　　　　　（插图：李　加）

救人

河岸上围了许多人，都眼睁睁地观望一落水者在河中挣扎，就是没人下水搭救。突然，一位民警冲上前，分开众人"扑通"跳下水去。不一会，民警把落水者救上岸，马上被几名记者包围。记者问："同志，请你谈谈，你下水救人前是怎么想的?"民警一下火了，冲记者大声说："怎么想的? 他是我看守的犯人!"

（张怀德 辑）

警察与罪犯

警察抓到一个正在作案的罪犯。

罪犯:我没有罪。因为我只不过是被人利用的工具而已,而工具是没有罪的。比如说一个人用刀杀死了人,罪过在人而不在刀!

警察:您是说您是被人利用的工具,是吗?

罪犯:是的。

警察:那好,请跟我走一趟!

罪犯:为什么? 我没有罪!

警察:您别激动。按照我们的法律,作案工具是要被没收的。

（鉴起能）

特征

迪妮太太正在接电话——

警察:"喂,太太,我们发现一具男尸,很可能就是您的丈夫。请问,您丈夫有什么可供辨认的特征吗?"

迪妮太太先是尖叫一声,然后回答说:"他的特征是走路总是慢慢吞吞的。还有,就是爱经常放屁。"（曾昭江 编译）

（插图:蒋 峻）

（插图：李　加）

振振有词

　　一位交通警察拦住一位驾飞车的年轻人，喝道："你难道没看见路边的'限速行驶'的标志？"

　　年轻人从汽车前窗探出脑袋，振振有词地反问："你说什么？限速标志？车开得这么快，叫我怎么看得清楚？"

（张　清）

你认识比尔吗

　　警察拦住一辆违章行驶的小轿车，并要开罚款单。司机傲慢地对警察说："先生，在你提笔之前，我想你应该知道，我认识市长怀特先生，他是我爸爸的朋友。"警察没有理他，掏出笔，埋头在罚款单上写着。

　　司机又说："我还认识警察局长约翰逊先生，他是我朋友的爸爸。"警察继续写着。

　　"你还应该知道，我认识……"警察一边把罚款单递给他，一边礼貌地打断了他的话："请你告诉我，你认识比尔吗？""比尔？不认识。我干吗要认识他？"

　　"我想，你也应该认识一下——比尔，他就是站在你面前给你开罚款单的人。"

（魏轩平）

　　警察指着从小偷身上搜出来的赃物，说："这些东西是从哪里来的？"

　　小偷怯生生地答道："是从我身上搜出来的。"

从我身上搜出来的

（白　雾）

不会影响孩子

警察:你在家中聚众赌博已经几年了?

罪犯:三年。

警察:这样不影响孩子吗?

罪犯:不会影响的,我两个儿子去年就劳教去了。

(吴孟君)

医　　院

妇女(正站在车水马龙的路中央):喂! 警察先生,上医院怎么走?

警察:您只要还站在那儿不动,就能去医院。

(张照谦　编译)

不是饭桶

警官:"你们四个人还抓不住一个罪犯,真是饭桶!"

警察:"长官,我们不是饭桶。虽然罪犯跑了,但我们设法把他的指纹带回来了。"

警官:"在哪儿?"

警察:"在我们脸上。"

(吴　名)

报　　警

一天深夜,值勤的警官罗伯特接到一个报警电话。打电话的人自称在第十三街区,他从夜总会出来后,发觉自己车里的方向盘、刹车、加速器等等都让小偷给卸了去。罗伯特立刻表示马上前往出事地点。就在他开动巡逻车准备出发的瞬间,电话铃又响了起来,罗伯特只好下车再拿起电话筒。打电话的仍是刚才那位报警的:"实在对不起,先生,用不着来了。我是用车内电话打的,我喝多了,刚才一阵冷风吹来,我才发现自己原来是坐在车内的第二排。"

(小　林　编译)

教育局长上街，看见一个学生没上课，在和其父亲做生意，心里有些担忧，上去闲谈几句，就故意问道："你知道肯尼迪是谁杀死的？"学生一听十分惊慌："我、我不知道，反正不是我杀的。"教育局长摇摇头，对学生父亲说："真是笑话，你的儿子竟说肯尼迪不是他杀的。"学生父亲一听，急着分辩："你别乱怀疑，这么小的孩子能杀人吗？"教育局长哭笑不得，赌气说道："那你说是谁杀的？"学生父亲考虑了一下："这事该去问公安局。"

（王建党）

真是笑话

缺　　点

老师问一个打瞌睡的学生："你认识到上课睡觉的缺点了吗？"

"认识到了。缺点是不如睡在床上舒服。"

（邓　磊）

教　　条

两小学的篮球队正在进行一场激烈的比赛。为使后备队员有比赛经验，教练把最小的运动员派上场，在裁判鸣笛前，教练对他说："你一定要看住4号，不管他到哪儿，你都要盯住他。"

过了会儿，教练发现自己队场上少了一个人，急忙四处寻找，只见小运动员正挨着对方那个4号队员坐在板凳上。

（陈　功）

自作聪明

学生：老师，您头上为何是秃的？

老师：这是聪明"绝顶"。

学生：凡是剃光头的都是聪明的吗？

老师：那是自作"聪明"。

（张宇翔）

（插图：李　加）

（插图:阿 达）

听从劝告

冬天的早晨,教师背对壁炉站着,在上课前,他准备给学生们一个很好的劝导。

"你们说话之前,首先想一想。说任何重要的事之前,数50;如果十分重要,就数100。"

他的学生们嘴唇一齐在动,教师很奇怪,突然,大家同声叫了起来:"99,100! 您的衣服后摆着火了,先生!"

（计 滨）

男高音和男低音

音乐老师提问学生:"什么叫男高音? 什么叫男低音?"学生不假思索地应声答道:"我爸爸骂妈妈时是男高音;我爸爸跟厂长说话时是男低音。"

（杜文志）

改 错 句

老师:"打人是不对的,你如何改正?"

学生:"打人是对的!"

（徐忠胜）

关键问题

老师正在讲本学期的最后一堂课,他强调每个学生必须抓紧剩下的时间复习功课,迎接期末考试。

"现在试卷已经交给打字员去打印,大家还有什么问题吗?"

教室里一片寂静。突然从后排位置传来一个声音:"请问,谁是打字员?"

（王建华 编译）

课上

老师:珍妮,什么是抽象名词?

珍妮:老师,我不知道。

老师:什么,你不知道? 嗯,就是那种可以想象但不能摸的东西,你来举个例子。

珍妮:一把烧得通红的火钳。 (晓 星 编译)

座 右 铭

老师:要谨记"给别人的要多,得别人的要少"这句座右铭。

学生:对,我爸爸正是这样做的。

老师:你爸爸是干什么的?

学生:拳击家! (中 文)

项羽与拿破仑

某地有一位自恃学识渊博的人,在一次考试中,主考官叫他以"项羽与拿破仑"为题写篇论文。此人一听傻了眼:项羽是个什么人,他知道,可这"拿破仑"是啥玩意儿? 他冥思苦想,却想不出什么名堂。忽然,他用手在脑门上一拍,说:"呀! 真笨,这'仑'不就是'轮'吗?"于是,拿起笔,一挥而就,一篇论文刹时跃然纸上:"轮难拿,破轮更难拿。然项羽能拿,因羽力举千钧,况破轮乎?"

(徐金平)

为了10块钱

老师:你为什么迟到?

学生:有人丢了10块钱。

老师:于是你做好事,替他寻找了?

学生:我踩在那10块钱上面,直到那人走开。

(梁炽基 编译)

(插图:王文德)

聪 明 人

王老五问先生说:"夏天走路凉快还是坐着凉快?"

先生说:"走时有风,走比坐着凉快。"

王老五又说:"单衣遮得住太阳还是厚棉衣能遮住太阳?"

"是棉衣。"先生说。

王老五说:"照你这样讲,夏天穿上棉衣走路可算得上是一个聪明人了!"

先生:"这个……"

(俞存华)

保 证

试前。

老师:"你这次考试能得90分吗?"

学生:"我十分有把握。"

试后。

老师:"你怎么搞的,只得了10分?"

学生:"我说过我十分有把握嘛!"

(曲洪军)

好 老 师

"琼斯·玛丽小姐是你的第5个家庭教师了,她教得好吗?"

"好极了,妈妈,比以前任何一个都好。"

"感谢上帝,小琼斯终于找到称心的教师了。"但妈妈仍关心地问,"她好在哪里?"

"妈妈,她来后的第二天就发誓说,我爱干什么就干什么,只要爸爸如数给她月薪。"

(小 路 编译)

一鸣惊人

老师:"小王,请你用'一鸣惊人'造一个句子。"

小王:"我的儿子一鸣惊人。"

老师:"你的儿子今年多大了?"

小王:"刚过半岁。那是我们的独生儿子,是我们的心肝宝贝,晚上他只要小声哭一下,我们全家都手忙脚乱,这还不叫'一鸣惊人'吗?"

(傅野村)

数 不 清

老师:你知道我国著名数学教授是谁?

学生:数不清。

老师:对,其中就有苏步青。

(陈 懿)

睡觉还在看书

李贵教着两个弟子,一个叫小二,一个叫小三。不知怎的,李贵觉得什么事总是小二顺眼,小三有些刺眼。

这天一大早,李贵让小二、小三念四书五经。不知怎的,不一会儿听不见声音了,他抬头一看,见小二伏在书本上睡了,他笑了笑,转脸又见小三也伏在书上睡着了,他气恼地走到小三跟前,狠狠地扇了他一巴掌,说:"你是一看书就睡觉!"又指了指小二,说:"看人家小二,睡觉还在看书呢!"

(范玉浩)

(插图:佐 夫)

梦 周 公

一天,先生叫学生背书,自己却呼呼大睡。醒后,他对学生说:"我刚才去拜见周公了。"

第二天上课,背书的学生也呼呼地睡着了,先生见了勃然大怒。拿起戒尺就要打学生。

学生惊醒了,赶紧说:"我也去见周公了!"先生说:"我不信,周公说什么了?"

学生说:"周公说他昨天并没见着您老人家哩!"

（肖 晓 辑）

手里拿着斧头

老师在一堂礼貌课上讲道:"有一个人错把一棵果树砍掉了,立即意识到了自己的错误,并且向果树的主人道了歉。你们说,果树的主人为什么没有责怪他呢?"

一个学生立即站起身来回答:"是因为那个人手里还拿着斧头!"

（李凤春）

落叶时

历史老师讲述人类衣着演变过程时说:"我们的祖先开始只是用树叶来遮羞的……"阿明听了担心地问:"那么,到了秋天叶子落了怎么办?"

（白 墨）

课前准备

老师:同学们,今天校长要来听课,希望每个同学积极举手发言,用不着紧张。

学生:老师,如果有的同学被你点了名却答不出来,怎么办?

老师:这没关系,不会回答的同学,举手的时候头低着就是了。 （王东明）

自知之明

人们发现一个医生在走过坟地时总要用手遮住脸,就问他:"你为什么要这么做?"医生低声答道:"我没有面孔见这些人,他们都是经我治疗后躺到这里的。"

（忻俭忠　编译）

打止痛针

病人:"护士同志,你这针打得太痛了。"

护士:"这决不可能,我打的是止痛针。"　　（宁夫志）

写 病 历

某医生一向马虎,一次在病历上写了"肛门发言"。主任医生发现后非常生气,在其下方醒目地批上:屁话。

（严淑良）

（插图:李　加）

饺子得了什么病

有位医生,星期天在家里包饺子。可是当她把饺子包好了以后,才突然想起饺子馅里忘记放盐了,于是便把食盐用温水化了,又用针管吸进去,给每个饺子都扎了一针。

她的小女儿在一旁看到了,好奇地问:"妈妈,饺子得了什么病,还扎针?"她含含糊糊地回答道:"缺钠症。"可是她的小女儿把"缺钠"误听为"缺牙",害怕得大叫起来:"妈妈,要是饺子都长了牙,还不把咱们给吃了?"

（于华凤）

喝 过 了

医生在给一患心血管病的病人看病。医生问:"您喝伏特加酒吗? 先生。""不了,大夫,谢谢,"病人回答,"我刚在酒吧喝过了。"　　（吕尔勤　编译）

（插图：张恩卫）

你变聪明了

某男去医院，对医生说："医生，请给我开些能使我变聪明的药。"医生说："好的。"就给他开了药方。

一星期后，某男来复诊："医生，我还不聪明。"医生说："继续服药。下星期再来。"

又过了一星期，某男抱怨说："还是老样子，你没给我配治这种病的药吧？"医生笑笑说："好了，这下你变聪明了。"

（孟 臻 编译）

回 声

"真厉害，你的牙洞很大，我从未见过！"当牙科医生检查病人时，不由惊讶地大声说道，"你的牙洞很大，我从未见过！"

病人生气了，说："何必反复大叫？"

牙医忙解释说："我没反复大叫！那是回声。"

（梁炽基 编译）

考 试

一位医学院的学生正在教授那儿考试。

"如果一个病人需要发汗，你采取什么措施？"教授提问道。

"我给他开速效发汗药……"

"请举例吧。"

"热茶、悬钩子……"

"好吧，如果不起作用呢？"

"那就用挥发油、醚……"

"如果这样还不行呢？"

"我试用蕃红花。"这时，考生额头上的汗珠"吧嗒吧嗒"直往下滴。

"如果仍不见效？"

"我就叫病人上您这儿考试！"

（刘圣然 编译）

免费拔牙

夜里,强盗爬进了牙科医生的家,什么也没有找到,便气急败坏地向医生要钱。

医生打着呵欠说:"很遗憾,钱我是没有,但如果您不想空手而归,我可以免费给您拔颗牙。"

（黎晓毅）

假眼

"噢,"医生看着病人的一只左眼说,"这可不仅仅是眼睛的毛病了。从这只眼睛的状况来看,你的神经系统有病,肝功能紊乱,心脏也供血不足。我提出的唯一治疗方法是——"

没等医生说完,病人大叫道:"这儿,这儿!你还没有看我这只右眼呢,那只不过是我的假眼。"

（陈　陈）

谁敢动我的牙

有一个医生要给病人拔牙,病人胆子很小,又怕痛,无奈,医生拿来一瓶"白兰地",对病人说:"喝点酒,壮壮胆吧。"

病人喝完了酒,呆了一会儿,只见他脸孔发青,醉醺醺地大声喊着:"我看谁敢动我的牙!"

（赵卓龙）

难医的病

有人问一个行医30年的眼科医生,什么眼病最难医。这位医生连想也没想,张口就答:"瞎子。"

（孙　斌　编译）

（插图：佐　夫）　　　　　　（成　燕　编译）

另有所疼

　　某医院护士给病人打针，突然，病人大叫起来："哎哟，好疼!"

　　护士生气地说："瞎嚷什么，我的注射器针头还没碰到你皮肤呢。"

　　病人："可是你的脚踩在我脚趾上了呀!"　　　　（佚　名）

旧病复发

　　某医院有个医术浅薄的年轻大夫。一天，一位病人求他治病，病人讲了病情之后，年轻的大夫就对病人进行了检查，可是查来查去却说不出病人患的是啥毛病。他思索了一会，突然严肃地问病人："请问先生，你以前得过病吗?""得过，大夫。"

　　"嗯,对了! 你现在是旧病复发。"

确诊

施密特夫人对精神病医生说:"大夫,我的丈夫得了精神病,请您让他尽快住进你们的医院治疗。"

"他怎么了?"

"昨天,他进了厨房后,先是用木槌敲打煎牛排,接着便抱着正在做饭的保姆亲吻。"

医生说:"这能说明什么? 如果您的丈夫先用木槌敲打保姆,再一个劲儿地亲吻牛排,那才能认定您的丈夫是患了精神病。"

（吕尔勤 编译）

遗嘱

望着垂死的病人,医生决定告诉他真相了。

"我觉得我得告诉你,你已经不行了。我敢肯定,你想知道这个事实。现在……你是否想见什么人吗?"

医生凑近病人,他听到一个有气无力的回答,"是的。"

"你想见谁?"

患者声调略有提高,说:"另外一个医生。"

（祝海松 辑）

动手术

老约翰需要动手术,而主刀的正是他自己的儿子。

躺在手术台上,还没打麻醉药时,他对儿子说:"约翰,为了使你有把握些,我想告诉你件事。如果我有什么意外的话,你妈妈可就全交给你养活了。"

（马绪光 编译）

小约翰看病

医生对小约翰说:"别担心,我小时候也生过你这样的病,现在不是活得好好的么?"

"对不起,"小约翰怯生生地说,"能不能把你小时候的医生介绍给我?"

（夏莲 编译）

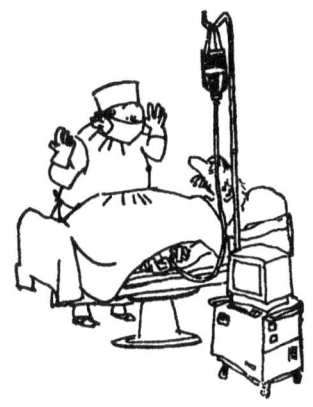

（插图：李　加）

忙中出错

医生：我想给你开个药方，可怎么也找不到自来水笔。

病人：医生，您不是将它放在我的夹肢窝里了吗！

（孙　忠）

有位郎中给人治病，总是翻书求方。一次，他给一个病人看病时，忽然指着翻开了的药书惊叫起来："不好，你的病没法治了。"病人听后，苦苦哀求："请您想想办法吧。""唉，实在是没有办法了。"郎中伤心地说，"我孩子把这页药方撕了啊！"

（钟　建）

看书郎中

另找医生

一位医生想检验一下他的小病人是否知道自己身体各部位的名称。他指着一个小家伙的耳朵,问:"这是你的鼻子吗?"

只见那小家伙马上转向他的妈妈,说:"妈妈,我看我们需要另找一个医生了!"

(李 明 编译)

胃穿孔

某医院急诊室送来一位病人,医生见病人痛得厉害,就给他服了一片止痛药,可是病人仍疼痛不止。家属问,药为什么不见效。医生一边诊断一边说:"噢,原来他患的是胃穿孔,止痛片可能从穿孔的地方漏出去了……"

(王友林)

(插图:韩 任)

找医生

正在南美偏远地区访问的一位美国人突然生病了,需要去看医生,于是他问当地人:"我怎样才能找到一位医术比较高明的医生呢?""这容易。"当地人回答道,"我们这里有这样一个规定:凡是诊所里死了一个病人,医生就必须在他诊所门前挂1只气球。"

于是美国人开始找医生看病。他看见一家诊所门前挂着20只气球,另一家诊所门前挂着30只气球。最后他找到一家只挂着5只气球的诊所,于是他就进去看病了。

"对不起,你不得不等一会儿。"医生对他说,"我昨天刚开业,一直忙到现在。"

(高培红 编译)

问 诊

一位精神病医生正在对病人作问诊："你有没有这种情况,听到人讲话却不知讲话人是谁,或者不知讲话人在哪儿?"

"有的,先生,我有你提到的情况。"

"那么,请告诉我,什么时候发生这种事?"

"当我接电话的时候。"

（周道根　编译）

报 仇

某人持刀抵住了医生的胸膛。

医生惊慌道:"你这是干什么?"

那人道:"一个月前,你不是捅了我一刀吗? 我现在来报那一刀之仇!"

医生跳了起来:"你疯了,那是动手术呀!"

（尹云前）

用脚踢我

一个鲁莽的年轻人撞倒了一个医生,医生火了,举手要揍他。年轻人满脸愁容,说:"先生,请您用脚踢我。"

"为什么?"医生不解地问。

"因为大家都说你的手硬,说在你的手下,没有一条命能逃得过。"

（邓永新　编译）

最轻纪录

医生:你现在的体重是 50 公斤,过去最重时是多少?

病人:65 公斤。

医生:最轻时呢?

病人:3 公斤,那时我刚生下来。

（梁炽基　编译）

（插图:佐　夫）

妙 语 生 花

有的话让人笑，可有的话却让人跳。幽默的语言是一门艺术，更是一剂医治百病的良药。

禁 忌

有个渔夫,最讲禁忌。每次下河前总要向别人讨口彩。

这天,他刚到河边就碰上一个牧童,他上前便问:"小朋友,我今天能捕多大的鱼?"

牧童:"能捕像我这么大的一条鱼!"

渔夫一听,高兴极了,问道:"小朋友,你叫什么名字?"

牧童道:"我叫小鱼花子!"

(张向奇)

(插图:李 加)

将 军 肚

小孩:阿姨,你是将军吗?

孕妇:傻孩子,阿姨哪能当将军。

小孩:那你的肚子怎么是将军肚呢?

(安献勇)

爸爸的歌

甲:《再见吧,妈妈》真好听,可是怎么没有唱爸爸的歌?

乙:怎么没有?!

甲:哪首歌?

乙:《阿里巴巴》。

(李武林)

哪个播得准

上学前,王利对刘平说:"刘平,你把雨伞带上吧,昨晚电视预报,今天有雨。"

"没有雨的!我昨晚也看电视了,说没有雨。你不想想,我家一千多块的大彩电能不比你家几百块钱的小黑白电视播得准吗?"

（马　啸）

星期天,小刚和班上的几位同学去火车站商场买球鞋。他们喝了很多汽水,都嚷着要小便,小刚把大伙领到车站收费公厕,说:"我爷爷在这里收钱,今天我请客。"(乔学军)

今天我请客

投　稿

婷婷一连发表了三则笑话。珍珍十分羡慕,于是也写了一则。

珍珍:婷婷,你看我这则笑话能发表吗?

婷婷:我看行!

珍珍:太好了! 稿费几元?

婷婷:10元。

珍珍:不贵,不贵。只要能发表,别说是10元,就是再多我也愿意付。

　　　　　　(吴悦倩)

外　号

学生:老师,他们不听您的话,又喊我的外号了。

老师:谁呀?

学生:癞蛤蟆、水泡眼,还有大头虫。

老师:啊?!

　　　　　　(甘亚平)

酒家来也

小程俊正在给小朋友们讲故事:"鲁智深大叫一声'酒家来也!'"一个小朋友问:"鲁智深为什么自称'酒家'?"小程俊不以为然地说:"这你都不知道? 鲁智深特爱喝酒,不叫'酒家'叫什么?"

　　　　　　(吴　名)

(插图:王志伟)

想 不 开

鲁妈在菜场买菜时丢失了5块钱,心里闷闷不乐。

朱妈劝道:"想开点吧,这5块钱就算买药吃了。"

鲁妈说:"可我吃的药,都是我女儿从单位里拿来的。你说,我怎么想得开呢?"

（黄宪高）

辩　解

有两个人第一次来到大城市,想到处看看,但却不知如何穿过车水马龙的大街,在路口徘徊了大半天。

人们都不解地看着她俩,弄得她俩很不好意思,便互相埋怨起来。

其中一人说:"不光咱俩不会过马路,你瞧那个被车围在中间的穿白制服的人,也不是急得双手左右比划吗?"另一个也自作聪明点头附和说:"如果他不一个劲地打手势,车早就撞倒他了。"

（邵志强）

（插图:蒋　俊）

千 里 驹

从前,有个秀才想买一匹马,骑着进京赶考。他刚来到马市,一位卖主迎上来说:"先生,我这马是匹'千里驹',一口气能跑千里,您看合适吗?"秀才一听发火了,冲着卖马的嚷道:"你到底安的什么心? 京城离此才900里,你的马一口气能跑千里,那100里地难道让我走回来吗?"

（韩　剑）

尚未发生

某君到大学女宿舍访其女友，门卫要他填表后方可会见。从姓名、性别、地址、年龄、职业……一直填到最后"关系"一栏时，只见某君斟酌半天填下"尚未发生"四个字。

（朱西伦）

配　方

"玛莎，不知为什么今天汤里的肉这样硬？"

"不知道，我是准确地按照配方做的，那上面说得很明白：1公斤肉，煮1小时。我买了半公斤肉，就煮半小时。"

（杨军然　编译）

为啥拼死搏斗

一个年轻人，在路上被两个抢劫犯截住，他奋力搏斗，但最后还是被抢劫犯制服了。两名抢劫犯从他的口袋里只搜出五角七分钱。其中一个问："你干吗为这五角七分钱拼死搏斗呢？"

"哎呀！"那年轻人说，"早知道这样，我就不反抗了，我还以为你们要搜我藏在我鞋子里的五百块钱呢！"

（麦展荣　译）

（插图：佐　夫）

发　表

一位青年拿着一篇退回的作品来问杂志编辑："编辑，我这篇作品为啥不能发表？"

"您这篇作品还不成熟，很幼稚。"编辑对青年说。

青年一听，高兴地说："那就作为儿童文学发表吧！"

（麦国斌）

急中生智

某君受聘到一大户人家教书,主人给他一份学生名单,叫他逐一点名,认识认识。此君一看,一生名牛犇,一生名金鑫,但此君不认识后面二字,急得满脸通红,情急之中,他大声喊道:"牛群,金堆!"　（颜泽荣）

（插图:李　加）

上下不通

某甲买了一罐牛奶,在罐下钻了一孔,但是牛奶不出来。他想了想,又在上面钻了一孔,果然牛奶出来了。旁边一位朋友见了,忽然纵声大哭。某甲忙问怎么回事,朋友说:"我的老婆去年因小便不通而死,早知道这个道理,只需头上打一针就行了。"

（罗成江）

戆媳妇

大年三十,戆媳妇与老婆婆一起包水饺。媳妇说:"今年俺在你家包饺子,明年不知道在谁家哩!"老婆婆不高兴了:"这是什么话?""你儿外出不在家,如果轧死了,俺不改嫁吗?""戆孩子,你怎么不说明年生个孩子,让全家高兴高兴。""还生孩子哩,那年俺在家生了一个孩子,俺哥哥差点没把我打死哩!"

（孙洪谔）

太太没死

埃克顿太太喜欢别人仿照她的行为。一次,她对新请来的女佣说:"我干什么,你就跟着我干什么吧。"

第二天,埃克顿从公司回家,见到家里很乱,他非常恼火,到女佣房间一看,见女佣生气地叫醒她,责问道:"你怎么还不起来?"佣人说:"太太没起来,我怎么敢起来?"埃克顿大怒:"你去死吧!"女佣说:"太太没死,我怎么敢死?"

（刘健雄　编译）

穷的原因

甲:杜甫一生发表了那么多诗,怎么还那么穷?

乙:因为杜甫的诗太短,稿费少,要是他写长篇小说,早就成万元户了。

（李 霞）

迁夫子

从前有个读书人,生来迂腐,干什么事总怕忘了,所以他嘴里总把要办的事反复嘀咕上几遍。

一天,迁夫子同一个和尚一道出门,他们带了一把雨伞,一袋干粮。

治失眠

甲:真恼火,我昨晚又失眠了。

乙:你没数数?

甲:数啦!

乙:效果如何?

甲:别提了,我的记性真差,数着数着数字就忘记了,只好爬起来找计算器。

（尤金山）

走在路上,迁夫子又害怕忘了,就喋喋不休地唠叨着:"雨伞、干粮、和尚、我。"他们来到一家客店,筷子一放,就又唠叨了几遍。

店老板被他唠叨得烦了,就想了一个点子。一天,他把和尚骗走了,晚上把迁夫子灌醉后,又偷偷地把迁夫子的头发剃光。第二天一早起来,迁夫子又照着口诀点起数来了:"嗯,雨伞在,干粮在,嗯?和尚不见了!"这下他可急了,到处找,累得满头大汗也没有找到和尚,坐下来仔细一想:嗯,和尚是光头,光头……他下意识地把手在头上摸了一下,光光的!他高兴极了:"有了,有了,和尚在这里,和尚在这里。"但接着又往下点数,"哎呀,我呢?坏了,我丢了!"

（许秀旗 搜集整理）

打　狼

从前,有一位书生,娶了一位猎人的女儿做妻子。

有一天,书生对妻子说:"我也能打猎了。你不信,我去打一只狼来。"妻子同意了。于是,书生背起猎枪,又抱起自己的孩子。妻子见了,惊问道:"你去打狼,怎么抱孩子呀?"书生答道:"常言道:'舍不得孩子,打不住狼呀'!"

（傅　友　搜集整理）

（插图:金胃昌）

兄弟不会

有一青年首次到女朋友家中,刚进门,岳父见新女婿来了,连忙递上一支烟,青年紧张得拱手相辞,嘴里连说:"兄弟不会,兄弟不会。"

（祝贵成　辑）

精卫填海

"怪哉,"某君放下书咕哝了一声,"精卫填海?好像汪精卫没干过填海这苦力活……"

（蔡国通）

万无一失

一位中年妇女找到站长:"请问,往北开的列车几点到站?""3点半。""那往南去的列车什么时候来?""4点17分。""喔,多谢您!"沉思片刻,那中年妇女又接着问:"往东开的呢?""今晚8点。"站长有点不耐烦,拔脚就要走。中年妇女紧凑上去,再次追问:"去西边的呢?"站长大叫起来:"西行的车不是刚刚开车吗?到明天傍晚不会再有了。我说夫人,您到底要乘哪趟车?""我哪趟也不乘。"中年妇女坦然地回答,同时转过头来,冲着站在月台上多时的一个小孩高声叫道:

"威利,我的宝贝,咱们可以过铁路了,现在是两点整,咱们就是闭着眼睛过去也不会出事的。"

（小 林 编译）

谦 虚

老张作报告,他谦虚地说:"同志们,我水平低,讲话零零碎碎,像羊拉屎。"下面听众顿时哄堂大笑。他接着又说:"不合大家的胃口,请多多包涵。"下面听众一听,一个个瞠目结舌。 （亦 亮）

不准说麻字

即将上任的县令是个大麻子。

管家召集部下开会说:"今后当着县太爷的面,一律不准说'麻'字。"

这天为县太爷接风,县太爷指着桌上的"麻辣鸡"问管家:"这是何菜?"管家答:"这……这叫花椒辣子鸡。"县太爷又问:"工序麻烦吗?"管家答:"不……不啰唆。"

（张维柱）

（插图:李 加）

回 敬

宝宝赚到一笔可观的外快,于是就去逛百货商店。

宝宝走累了,便叫了一辆"黄包车",高兴之余,乘在车上随口唱起歌来:"马儿啊! 你慢些走慢些走哎……"

车夫在前边拉着车小跑着,听宝宝这么唱心里很不是滋味,想了想也唱了起来:"猪呀,羊呀,送到哪里去? 送给那亲人解呀解放军……"

悼　词

某人在一次公宴上饮酒过度而当场醉倒在地。一好事者戏作悼词曰："你是久经(酒精)考验的伟(胃)大人物,你本充满朝(糟)气,经历过持久(吃酒)战,参加过保卫(饱碗)战,却不料在刚刚(缸缸)出席的九届(酒界)五中(盅)研(烟)讨会后,不幸(醒)逝世(似死)!"

（皮宗兴）

（李宗成）

（插图:李　加）

到底爱谁

青年甲到青年乙家里去作客,两人谈得十分投机。青年甲喜欢文学,大谈莎士比亚和巴尔扎克;青年乙喜欢科学,大谈爱因斯坦和爱迪生。这时青年乙的母亲听到了,连忙说:"我的小祖宗,你一会儿爱——因斯坦,一会儿爱——迪生,到底爱谁? 爱情要专一嘛,爱爱这个,又爱爱那个,不作兴的。"　　（张更生）

怀　孕

甲:听说你妻子生了一对双胞胎,有什么诀窍吗?

乙:有,她在怀孕时看过《两个小兵》这本书。

甲转向丙:听说你妻子生了三胞胎,她也有诀窍吗?

丙:有,她在怀孕时看过《三骑士》。

甲听后一惊,连说:"不好,不好!"慌忙朝家里跑。乙、丙两人追着问:"你干什么去?"甲边跑边说:"我妻子也怀孕了,她正在看

《阿里巴巴和四十大盗》！"

（李玉伟）

不管吃醋事

从前,有一个盐务官,谈笑很风趣。一天,他坐轿回家,一妇人拦住轿,告他的丈夫拈花惹草。盐务官说："你走错衙门了,我是朝廷的盐务官,不管人间吃醋事。"

（伞旭军）

发 布 会

妻子:你今天怎么回来得那么晚?

丈夫:我在参加一个新闻发布会。

妻子:那发给你的布呢?

（黄宪高）

（插图:李 加）

男女有别

甲:"女人可真占尽了便宜,瘦的,人家称赞她'苗条';胖的是'丰满';高的是'修长';矮的是'小巧玲珑'。"

乙:"可不是吗！简直无一不是美的。那男人呢?"

甲:"男人就惨啦！瘦的是'排骨';胖的是'肥猪';高的是'竹竿';矮的是'冬瓜'。"

（黄朝农）

狗知道这条谚语吗

一天,一个法国人去拜访他的英国朋友。他走到屋前,一条健壮高大的狗飞奔出来,向他狂吠着,他吓坏了,一面挥舞着手,一面往后逃。这时候,英国朋友从里屋走了出来,当他看到自己的朋友一副狼狈相时,笑着说:"不用怕,不用怕,你难道不知道'好叫的狗不咬人'这条谚语吗?"

"噢,知道,"法国人惊魂未定地答道,"我知道这条谚语,你也知道,可这狗……这狗知道这条谚语吗?"

（王智鸣　编译）

化　妆

"亲爱的,这次假面舞会你给我出出主意,我戴哪种面具最好?"

"很简单,不花分文钞票。不要戴假发,不要面部化妆,不要画眉毛,不要……这样,别人一定认不出你。"

（劳　钟　编译）

几个老婆

税务局老刘的妻子去市场买菜,她想:如果说出自己是老刘的妻子,那价钱肯定会便宜些。于是,她走到鱼摊前,边挑鱼边报出自己的身份。卖鱼的听后,大睁着眼睛看看她,好久才惊讶地问:"您是刘税务第几个老婆?今天已经是第五个女人这么说了!"

（乐　琪）

帐记在薄饼上

有一年天大旱,人们颗粒无收,但是国王仍然要财政大臣为他搜括粮食和钱财。财政大臣无可奈何,四出搜括,结果收获不多,他只好把可怜的数字一一写在纸上,呈给国王。国王看了十分生气,当场把账簿撕得粉碎,他命令卫兵狠揍财政大臣,强迫财政大臣把账本全吞下去,并革去了他的职务。

国王召见朱哈,命令他当财政大臣,朱哈再三推辞,但推辞不掉。不久,国王要看朱哈的账本,朱哈把记在薄饼上的账本呈上去。国王问朱哈干吗把账目写在薄饼上,朱哈回答说:"陛下,我知道你一定会命令我把账本吞掉,我不像前任财政大臣那样身强力壮,我年老力衰,行将就木,胃的消化力很差,所以只好将账目写在薄饼上。"

（林则飞　编译）

税务官母亲

某小镇税务代办员的老母在学校里摆个地摊卖瓜子。

一天，来了一位中年农村妇女，在学校里卖米花，小学生们都去买米花，老太太见自己摊前无人问津，十分生气。两人便吵起来，互不相让，都收起了自己的摊子。老太婆很气愤地骂道："大娘，你收你的，我收我的，也收什么税？"

那妇女笑道："大娘，俺儿在税务所当税官，俺儿在收税哩！那回我还得给俺儿送礼呢！"

（插图：毛小榆）

万 元 户

小明对小英说："我梦见自己赚了1万元，就像我爹那样。"

"原来你爹是个万元户！"

"不，他也在做同样的梦。"

（梁炽基）

陪

一位音乐家的嘱咐，要人们在一起。

"你有什么音乐家的遗孀。

"幸亏他不

饭勺刮锅声最好听

阿凡提去朋友家做客，这位朋友酷爱音乐，但非常吝啬。他搬出他收藏的各种乐器，一件一件演奏给阿凡提听，一直演奏到过了中午，仍没完没了，还问阿凡提："你觉得现在世界上什么声音最好听？"

阿凡提回答说："朋友，这会儿，世界上什么声音都比不上饭勺刮锅声好听啊！"（程广旻）

（插图：末　力）

火上浇油

阿凡提在巴依家里做苦工,不仅吃不饱饭,而且菜里面连一点油星儿也没有。

阿凡提就问:"老爷,你家里有一大缸油,为什么我吃的菜里连一点油星儿都不见呢?"巴依说:"对不起,阿凡提,给你做菜时,总是错把水当成油啦。"

一天,巴依家里失火了,阿凡提拎着木桶,从油缸里提出一桶油就往火上泼去,这样一来,火势更大了。巴依吼叫起来:"阿凡提,你怎么往火上浇油啊?"阿凡提故作惊讶地说:"哎呀,老爷,我错把油当成水啦!"

(马头琴)

三 下 子

王:你们单位年终谁得了一等奖?

李:小阎呗!

王:她不是经常迟到、早退吗?

李:她迟到是给处长送烧鸡,早退是给副处长送螃蟹。

王:她真有两下子。

李:两下子!她还有一下子呢!她是张副局长大姨子的小舅子的二妹夫的三儿媳。

王:原来如此!

(涂德语)

送 礼

李:朋友,后天我结婚,请你喝喜酒。为祝贺我结婚,小张送给我一盏台灯,小王送给我一台落地风扇,小孙送给我一部收录机,小赵送给我……

刘:好了,好了,我也准备送你一样上海出的、经久耐用的、你最适用的东西。

李:啊,你太客气了,是什么东西?

刘:一打双面刀片。

李:刮胡子呀?

刘:刮脸皮! (罗洪钟)

"今天的

谁 烧 的

红烧肉怎么这么肥呀?"

"你不看看是谁烧的。"

"谁?"

"刚从摔跤队转业来的王师傅。"

（吴国庆）

看人叫价

有一天,张老头上街,碰到邻居的一位姑娘,买了一条围巾,她对张老头说,她今天只花了1元8角钱,就买到了一条漂亮的围巾。

张老头一听,急忙前往购买。摆摊的小青年见他是个老头,一出价就要2元8角。

"你刚才卖给姑娘才1元8角呀!"

"因为她是我的亲戚。"

张老头一听,二话不说,拿了一条围巾就走。

小青年紧追上前:"你怎敢不付钱就走!"

"因为咱是亲戚,我是那姑娘的爸爸呀!"

"啊……"　　　（林发祥）

流　感

俄国著名文学批评家赫尔岑年轻时,在一次宴会上被那些轻佻的音乐吵得厌烦了,便用手捂住耳朵。

主人见了忙解释说:"演奏的是流行歌曲。"赫尔岑反问一句:"流行的乐曲就一定高尚吗?"主人听了非常吃惊地说:"不高尚的东西怎么能够流行?"赫尔岑笑了:"那么,流行感冒也是高尚的了?"

（康　渊　编译）

能屈能伸

甲:你填写履历表,年龄、学历为什么总不一致……

乙:不错,这年头,不是什么都时兴"浮动"吗?

(王克强)

靠山吃山

毛毛、明明、惠惠、莉莉在一起夸耀各自的叔叔。

毛毛:我叔叔在服装店工作,他神通广大,身上穿的衣服天天翻花样,说是试穿。

明明:这有什么了不起,我叔叔在饭店做厨师,鸡鸭鱼肉,山珍海味,天天尝鲜,说是试吃。

惠惠:这有什么稀奇,我叔叔在百货商店做经理,家里家用电器应有尽有,说是试用。

莉莉:你们真是少见多怪,这叫靠山吃山,靠水吃水嘛!我叔叔在婚姻介绍所工作,来找他的小姑娘真多,最近他已经同一个女青年同居了,说是试婚。

(吴国庆)

(插图:李　加)

闹饥荒的原因

肖伯纳身体很瘦。有一天他应邀去参加一个宴会。在宴会上,有一位肥头大耳的贵族对大家称赞肖伯纳非常妒忌,就想奚落一下肖伯纳。他笑着对肖伯纳说:"啊!肖伯纳先生,我一见到你这么消瘦,就知道世界上现在正在闹饥荒。"

肖伯纳听了,立即笑笑说:"是的,先生!可是人们一看到你,就都能知道现在闹饥荒的原因了。"

(钟同福　编译)

做 泡 菜

一个木匠给一户人家干活。中午,老板娘端来一碗饭,一碗泡菜。老远,木匠就闻到泡菜发出的阵阵恶臭,但人家已经端来,碍于礼貌,只好勉强吃了一口,然后问:"这泡菜是怎么做的?"

老板娘听了,以为称赞她做得好,得意地说:"还不是一层萝卜,一层盐,一层姜,一层辣椒铺在坛子里。噢,你们那里是怎样做的?"

木匠一听,忙说:"我们那儿做泡菜是用粪桶,一层萝卜加一层大粪……"

老板娘听了很奇怪:"那样做不臭吗?"

木匠慢条斯理地说:"臭是臭。不过比你的要好点儿!"

（刘 虎）

彼此彼此

两位男性在谈着家务事。

甲:唉,说起来真气人,咱们堂堂男子汉,在家里却没有一点经济上的自主权。

乙:我可不像你,我老婆在经济上对我可算是民主了。

甲:怎么个民主法?

乙:她管人民币,我管国库券。

（谢必中）

（插图:蒋 峻）

吝啬鬼报户口

吝啬鬼走进派出所,对值班警察说:

"先生,我想给孩子报户口,请问报一个……"

"说吧,孩子的名字。"

"他叫丘克。请问,报一个户口交多少钱呢?"

"不用交钱。"

"谢谢! 那我还得再报一个杰克,他们是双胞胎。"

(吕尔勤　编译)

真不容易

一人为申请执照去上面跑了十多回都没办成。有人让他送点礼试试。于是这人送了10条名烟上去,果然执照当即就发给了他。这人不由感叹地说:"哎,10多趟加送礼才办个执照,真不容易!"

这人走后,局长对下属说:"他不容易,咱们更不容易,卡了他10多次才弄到这点东西。"

(武福荣)

捞 笼 头

初春,某队安水泵浇地时,不料水泵笼头掉进了水塘里。水面上还结着薄薄的冰,几个人捞了好一阵也没捞着。队长急了,于是宣布道:"谁下去捞上来,奖励10元!"没有人答话。"20元。"仍不见动静。"30元。"还是没人应声。

"50元!"队长话音未落,只听"扑通"一声,已经有人跳进了水塘。大家定睛一看:哈哈,原来是队长自己。　　(安　庆)

脸皮拆卖

有个商人请王羲之写字,王羲之说:"老板也懂得书法吗?"那个商人点头哈腰地说:"懂,懂。"王羲之问:"那你说书法有什么用?"商人说:"怎会没用,能卖钱,这就最实用。"王羲之便随手写了"脸皮"两字,说:"你把这个去卖钱吧!"

商人得了墨宝,欣喜若狂,说:"整张脸皮我还舍不得卖呢,我拆开先卖'皮',再卖'脸'吧。"

（姚景文）

伪善

约翰打开烟盒,递到他右边的那位邻座人面前。

"谢谢,我不抽烟。"

约翰又转过身去,把烟盒递给左边的那个人。

"我不抽烟,谢谢。"

这时,约翰的妻子低声地提醒他:

"你干吗不把烟递给对面的那位先生?"

"哦,不,他可是会抽烟的呀!"

（自　田　编译）

自杀者的难处

波特金第三次主持给一位大学生考解剖学,可是这年轻人还是连一个问题也答不出来,波特金对他的考试不予通过。

过了片刻,一群大学生来找波特金,对他说,他们这位同学由于考试连遭挫折,心情极度忧伤,扬言要用刀子刺进心脏,了结自己的一生。

波特金听了以后安慰大家说:"不用着急,你们的这位同学根本找不到心脏在什么地方。"

（陈贤义　编译）

观点相同

穆卡见到好友阿沙问道:"我说阿兄,听说你已经结婚了,有这回事吗?"

阿沙回答:"是的,我已经结婚了。"

穆卡说:"你老兄可真不怎么样,你不是曾经发誓不结婚的吗?"

阿沙耸了耸肩:"是呀!我本不结婚的,可是一次我出门时,碰到一位美丽的姑娘,她也表示坚决不结婚。因为我们两人观点相同,所以我们就结婚了。"　　　(利 国 编译)

谁有能耐

达姆:我老婆和供电局的管事人吵了一架。

登:谁赢了呢?

达姆:谁也没赢,谁也没输——平了。我家的电路被切断,而供电局也没从我老婆那里收到电费。

(周邦惠 编译)

算 命

算命先生:你这个人怎么算了命不给钱就走了?

路人:难道你没算出来,我现在身无分文吗?

(陈石麟)

还 钱

甲:我借给你的钱该还我了吧?我已经要了三次了。

乙:噢。不过,我借的时候,不是求了你五次吗?

(侯希望)

(插图:朱国荣)

为了不使他人失望

一位干部因严重受贿而被停职检查,当领导问他还有什么要求时,他说:

"能不能晚一天宣布这一决定?"

"为什么?"

"因为明天是中秋佳节。"

"怕给全家人的团圆带来痛苦?"

"不!我是怕那些送礼的人感到失望。"　　　(丁中辉)

一根绳子

囚犯们询问一个刚被关进来的犯人犯了什么罪。这个人说道:"我想我太不走运了。几天前,我在街上散步,看见地上有一根很脏的绳子,我猜没有人会要它,就捡起来把它带回了家。"

"把绳子捡起来带回家可没犯法呀?"囚犯们问道。

"唉,我不是说我不走运吗?"他叹了口气,"糟糕的是绳子的那一端系着一头牛。"　　　(余　健)

殷勤的推销员

殷勤的吸尘器推销员敲开一家新居,他边把一些泥土撒在地板上,边对这家女主人说:"太太,如果我的吸尘器不能把这些泥土和灰尘吸得一干二净,我就把它们吃下肚去!"

愤怒的女主人说:"那就赶紧吃吧,这里受台风影响,已经停电3天啦!"

(施永林　周序芳　编译)

（插图：李 加）

请假新招

"噢,你又要请一天假!"办公室经理哼着鼻子对他的雇员说,"快说说你这次请假的理由吧。我记得你已经请过4回假参加你祖父的葬礼了!"

那位雇员回答说:"我祖母改嫁,今天举行婚礼。"

（刘能强 编译）

了不起的工作

在米兰车站,一个西西里人走过擦皮鞋的鞋摊,擦皮鞋的忙叫住他,对他说:

"您这是怎么啦? 先生,您穿着这么肮脏的皮鞋走在我们这条整洁的街道上,你不觉得害羞吗? 快坐下来,用不了一会儿,我就把你的鞋擦好。"

过了不到5分钟,皮鞋果然被擦得闪闪发亮。西西里人看后高兴地说:

"这真是了不起的工作! 告诉我,谁来付给您工资呢? 是市政府吗?"

（吕尔勤 编译）

再等一等

甲、乙两个青年人一块逛街的时候,碰巧看到甲的女友正和一个陌生男人在对面的街上亲密地走着。

"我们得过去教训那个小子一顿!"眼看自己朋友的女友被别人夺走,乙代打抱不平。

"不,再等一等。"甲看了看那个陌生的男人说。

"还等什么?"

"等她和一个块头小一点的家伙在一起时再干。"

（许承炜）

情况紧急

一旅行者归来,他向人们讲述他在撒哈拉沙漠中的经历:"有一次在野外,我突然遇上了一头狮子,于是我赶忙爬上了一棵高高的橡树……"

"可是要知道,撒哈拉那里根本不长橡树呵!"

"咳!情况那么紧急,谁还考虑这个呢!"(尔　勤　编译)

伊哈的契约

财主对伊哈说:"你来给我当雇工吧。"

"好哇,可你给我多少工钱呢?"

"工钱?我给你吃喝,给你住,给你穿,怎么样?"

伊哈一口答应,并写了契约。

当天晚上,伊哈吃了些东西,躺下睡觉,一直睡到第二天上午10点钟,还没起床。财主大发雷霆,跑来训斥他:"喂,你想睡多久?我看你是发神经病了吧?"

"不知道咱俩究竟谁发神经病?"伊哈说,"我吃了喝了又住下了,现在根据契约,正等着你来给我穿哪!"(志　冲　编译)

急转弯

一天,青工李小明同来访的朋友谈天说地,好不惬意。当谈到自己的妻子时,他昂首挺胸、趾高气扬地说:"……不是吹,在这个家里,我是老虎……"话犹未了,门帘起处,妻子突然闯入,面带愠色道:"我问你,刚才说什么?"李小明脸色煞白,吞吞吐吐地交待说:"我刚才对我的朋友讲实况,在咱们这个家里,我是老虎,你是武松。"

(任　满)

(插图:李　加)

聪 明 药

国王问阿凡提："有吃了就会变得聪明的药吗？"阿凡提蛮有把握地说："有啊！""那你赶快去弄一点给我吃。当国王的就要聪明嘛！"过了几天，阿凡提恭敬地献上 10 颗药丸给国王，叫国王一天服用 1 颗。国王便兴高采烈地一天服用 1 颗。

当他吃到第 9 颗时，派人叫来了阿凡提，他瞪着冒火的眼睛大叫道："喂！阿凡提！怎么这聪明药里有股泥巴味，这药是泥巴捏的？"阿凡提听了哈哈大笑，说："陛下，这下我可大大地恭喜您啦！您吃了我献给您的聪明药，真的变得聪明无比啦！连我这聪明遐迩闻名的阿凡提都蒙骗不了您……"

（喻　夫）

（插图：李　加）

左右不是

丑女跟和尚同船渡河，和尚无意间瞧了丑女一眼，丑女勃然大怒："大胆秃驴，光天化日之下竟敢偷看俺良家妇女！"和尚一听，吓得把眼睛闭上。"你不但偷看了我，还默默地想我。"和尚被羞得无地自容，只好把脸扭过去。丑女双手叉腰，尖声斥道："你觉得无脸见我，说明你心中有鬼！"

（曹跃林）

新鲜

顾客：老板，我那两斤鲜虾刚才过秤时有好大一堆呢，怎么加工后端出来的只有这么一小盘？

老板：对呀，这才证明您挑的虾子新鲜呀！您想想，我把它拿到厨房去，在路上跳走了几只，倒进锅里，又蹦走了几只，等用勺子一搅呀，又窜上来几只，于是就剩下这一小盘啦……

（暨玉兰）

报　　修

"房管所？我家屋顶漏水，你们一直没来修理。要让我淋水淋多久啊？"

"请打电话27—115，先生。"

"这是你们上司的电话？"

"不，是气象台的。"

（简　中　编译）

谁长得丑

美国总统林肯长相很丑。

有一天，他正在街上走着，突然从人群中冲出一人，手持手枪，对准了他的鼻子。

林肯大吃一惊，但他故作镇静地说："先生，发生了什么事？"

"我曾经发过誓，"那人说，"如果我见到比我还丑的人，我就要打死他。"

听他那么一说，林肯放下心来。他盯着那人的脸看看，激动地说："开枪吧，假如我比你更丑的话，那我也不想活了。"

（张　骅）

节　　约

——你花在老婆身上的钱太多了。你怎么给她买那么贵的戒指？

——我合计过了，今后她再也不会每星期买一副手套了！

（朱忠斌）

什么是新闻

有人问一位记者："什么是新闻？"

"是这样，"记者回答说，"当一条狗咬了人，还不算是新闻；然而，当一个人咬了一条狗，这便是新闻了。"

（邓一鸥　译）

（插图：李　加）

养鸽秘诀

某人养的鸽子飞得又快又准。有人向他讨教秘诀,他说:"我把信鸽与鹦鹉交配,所以它们会问路。"

（孙 斌 编译）

厨 师

顾客:您们饭店今天来了一位年轻的厨师?

服务员:您怎么知道?

顾客:昨天汤里有根白头发,今天却是根黑头发。

（麦江龙）

（插图:杨天佑）

利 润

甲:听说你们厂生产的收录机,成本是二百元,售价也是二百元,那末利润从何而来?

乙:从修理中来。

（风 云）

大 场 面

有个著名的大导演,和制片人为了拍摄一个战争场面产生了争论。

"不管怎么说,"大导演大声地说,"在大平原的左面要配置4500个士兵,右面同样也要配置4500个士兵,然后用直升飞机在空中拍摄。"

制片人听了后不满地说:"这样,9000个人的工资怎么办?拍电影也不是一天两天就能完事的。"

"大概需要20天。"

"20天乘上9000个人,要花多少工资?"

大导演想了一会儿,然后笑嘻嘻地说:

"这样吧,最后一天给他们真枪实弹!"

（中 琦 编译）

应　变

半夜里，托尔先生给大夫打电话："大夫，请您赶紧来一下。您知道我妻子睡觉总张着嘴巴，这下可好了，一只老鼠钻到她嘴里面去了。"

（插图：李　加）

"不出 10 分钟我就赶到，"大夫回答说，"我到之前，请你想法拿块奶糖放在她嘴巴前，这或许会把老鼠引出来。"

一会，大夫到了。他见托尔先生手里没拿奶糖，而是拿了一条鱼，举在他妻子嘴前。

"您在干什么？"大夫问，"老鼠不喜欢吃鱼。"

"这我知道，"托尔先生答道，"可我得先把猫逗出来呀。"

（阳　明　编译）

募　捐

为教会募捐的小女孩向一位老先生说："请你为上帝捐点儿钱吧！"

"小姑娘，你今年几岁了？""9岁！"小姑娘答道。"啊！我已经79 岁了，我会比你先到上帝那儿，到那时，由我亲自交给他吧。"

（李　吉　供稿）

回　家

纽约人汤姆在巴黎读书。有一天，汤姆与安德烈争吵，安德烈气极了，愤怒地说：『你再和我吵下去，我就一拳把你打到纽约去。』汤姆转怒为喜说：『正好，我正愁没路费回家呢。』

（柳光玉）

你为什么雇他

"你怎么雇用那个人当出纳员？他斜眼，长着个歪鼻子，还有两只招风耳。"

"当然啦，如果他潜逃，会很容易被认出来的。"（番 岚）

不是那一只

一天，卓别林拿了一只苍蝇拍在拍打苍蝇，可是怕了几下都没有拍中。过了一会儿，一只苍蝇在卓别林面前停了下来，卓别林举起拍子正想拍下去，突然又放了下来。有人问他："你干吗不拍呀？"卓别林耸了耸肩膀说："不是刚才那一只。"

（成 燕 编译）

买 鹦 鹉

在鸟市上，约翰被一只漂亮的鹦鹉迷住了，可待他走过去，才知道这只鹦鹉已被一个顾主以500元的价格要定了。

"我出1000。"约翰财大气粗。

"我出1500。"人群中响起一个不服气的声音。

"我出2000。"约翰死了心要买到手。

"我出2500。"还是那个不服气的声音。

"我出3000。"约翰倒想看看谁比他更阔。

最后他胜利了。人群中再也没有声音响起。在付过钱之后，约翰忽然想起了一件事，他担心地问货主："这只鹦鹉会说话吗？"

不料货主得意地说："怎么不会说话？如果刚才不是它和你挑战，我会赚那么多钱吗？"（安 恋）

放大喇叭声

汽车修理员对汽车主人："我实在没办法将你的刹车修好，所以急中生智，我把喇叭的声音加大了。"

（刘庆年　编译）

（梁炽基　编译）

都 一 样

　　威尔刚被分配到建筑工地,他站在70层高的楼上干活,感到很害怕。他悄悄地问旁边的工人:"在这么高处干活,你紧张吗?"工人回答:"这有什么可紧张的!"威尔羡慕地说:"真勇敢,你竟不害怕?"工人笑笑说:"没什么,过了头3层,从哪层摔下去结果都是一样的。"

（梁冰岳）

住房紧张

　　一个人惊异地问他的朋友:"别人家的狗尾巴总是左右摆动,为什么你家狗的尾巴却是上下摆动呢?"朋友答道:"因为我家住房太狭窄了。"　　（唐先民）

有口难言

　　某人去警察局报案,说:"昨晚一个盗贼闯进我家,拿走了我的金银首饰,还有几十万现钞,我当时不敢叫喊。"
　　"为什么?"警长问。
　　那人说:"我口里的金牙怎么办?"

仙人掌

甲:"这是什么东西?"

乙:"它叫仙人掌,是一种观赏植物。"

甲:"仙人掌,我看比不上我的巴掌。"说着一巴掌朝仙人掌上打去。

"哎哟!"甲一声惊叫,忙缩回手,只见几处流血,还扎了几根刺:"仙人的,果然厉害!"

(吕如辉)

www.ingramcontent.com/pod-product-compliance
Lightning Source LLC
Chambersburg PA
CBHW060822120626
46557CB00001B/323